LE ROMAN

COMÉDIE

EN TROIS ACTES

EN VERS.

LE ROMAN

COMÉDIE

EN TROIS ACTES EN VERS.

Procope Couteaux et Guyot de Merville

Par Mrs P. C. & G. de Merville,

Representée par les Comédiens Italiens ordinaires du Roy.

Le prix est de 30 sols.

A PARIS,

Chez JACQUES CLOUSIER, ruë S. Jacques, à l'Ecu de France.

M. DCC. XLVI.

Avec Approbation & Privilége du Roy.

ACTEURS.

LE BAILLI,	*M. Lelio.*
LA BAILLIVE,	*Mlle Flaminia.*
FELICIANE,	*Mlle Silvia.*
FINETTE,	*Mlle Astroldi.*
LE CHEVALIER,	*M. Rochard.*
LE COMTE,	*M. Mario.*
Me BASILE,	*M. Belmont.*
BASILE,	*M. Sticotti.*
FRONTIN, Valet du Chevalier,	*M. Dehesse.*
ARLEQUIN,	*M. Carlin.*
SCAPIN,	*M. Chiavarelti.*
LE SYNDIC,	*M. Benotti.*
LE MAGISTER,	*M. Balletti.*
UN NOTAIRE,	*M. Vincent.*
SERGENT.	

La Scene est en Normandie, entre un Village & un Bois.

ACTE PREMIER.

SCENE PREMIERE.

LE CHEVALIER, FRONTIN.

FRONTIN.

Quel Démon si matin, Monsieur, ne vous déplaise,
Pour rêver dans un bois vous force à vous lever ?
Un lit vaut cent fois mieux, lorsque l'on veut rêver ;
Du moins l'on y rêve à son aise.

LE CHEVALIER.

Paresseux !

FRONTIN.

Hé parbleu, l'on peut ne faire rien,
Monsieur, quand on n'a rien à faire.

LE CHEVALIER.

Ah ! pour un cœur comme le mien,
L'amour, Frontin, l'amour n'est-il pas une affaire ?

FRONTIN.

L'amour ?

LE CHEVALIER.

Voilà le ſoin qui m'entraîne en ces lieux ;
Les ſeuls où je puis voir la Beauté qui m'eſt chére,
Et ſonge que déja ſans l'offrir à mes yeux,
Le ſort m'a fait languir une journée entiere.

FRONTIN.

La peſte un jour entier ! .... Mais qu'y gagnerez-vous ?
Dans ce vaſte univers à préſent tout ſommeille,
Hors nous deux & quelques Hiboux,
Quelques Corbeaux, quelques Coucous,
Dont les voix m'écorchent l'oreille.
Et quel beſoin, Monſieur, pour des concerts ſi doux,
Que votre fol amour en ſurſaut me réveille ?

LE CHEVALIER.

Que veux-tu, cher Frontin ?

FRONTIN.

Je veux, comme je dois,
Vous donner des conſeils, vous réduire à les ſuivre.
Je veux que de vos feux la raiſon vous délivre,
Et que vous deveniez auſſi ſage que moi.
Car enfin comparons votre amoureuſe extaſe
Dans un Bois, où deux yeux vous ont trop ſçu lier,
Au ſort, dont à Paris, jouit un Cavalier.

C'est-là . . . .

LE CHEVALIER.

Suffit ; fais treve au zèle qui t'embrase.

FRONTIN.

Oh par la vertubleu, M[r] le Chevalier,
Puisque je ne dors point, il faut bien que je jase.

LE CHEVALIER.

Hé ne vois-tu pas, cher Frontin,
Que quoique ta rigueur condamne
Mon amour pour Feliciane,
Cet amour en effet est un coup du destin ?
Vois combien d'incidens, de traverses, d'obstacles,
J'ai, pour en venir là, surmontés jusqu'ici.
Penses-tu que le Ciel qui conduit tout ceci,
Fasse en vain de pareils miracles ?
Veux-tu d'autres garants de cette vérité ?
La rencontre, la circonstance,
L'invincible ascendant de la nécessité,
Le bienfait, la reconnoissance,
De nos cœurs confondus l'entiere intelligence,
Le raport de leurs feux & leur rapidité ;
Tout ne prouve-t-il pas que votre connoissance,
Fondement d'un hymen où tend notre espérance,
Est un rayon, qu'au sein de notre adversité
Fait éclater sur nous la suprême puissance,
Pour nous conduire au port de la félicité.

FRONTIN.

Que c'est bien dit, & que vous faites
De votre amour un joli plan !
Il faut en convenir, vous êtes
Un petit Héros de Roman ;
Et je veux quelque jour crayonner votre histoire,
Mais (& jusqu'à présent j'ai trop lieu de le croire)
Le dénoûment n'en sera pas joli.
Vous aimez, qui, Monsieur ! la fille d'un Bailli ?
C'est un égarement qui flétrit votre gloire.
Quoi ! seriez-vous déchû de votre noble orgueil,
Vous, nommé Messire Basile,
Et surnommé le Chevalier d'Ecueil,
Vous, le frere cadet du Comte de Kerile,
Vous, de qui les ayeux ont toujours fait, dit-on,
Fleurir l'honneur du sang Breton ?

LE CHEVALIER.

Hé que fait tout cela, Frontin ? dérogerai-je ?
Pour m'allier avec un rôturier ?
Son sang, qu'en mes enfans je dois purifier,
Leur fera-t-il du mien perdre le privilége ?
Non, non, c'est pour ma gloire un triomphe accompli,
Si je puis dans Feliciane
Réparer l'outrageant oubli
Du sort qui la fit paysanne,

Quoique par ſes vertus ſon cœur ſoit annobli.

FRONTIN.

Ses vertus ! c'eſt-à-dire en termes véridiques,
Celles dont votre amour s'embellit à ſes frais.
Pour les viſions fantaſtiques
Les Amans ſemblent être faits.
Leurs yeux éblouis des attraits,
Où ſe ſont allumés leurs feux mélancoliques,
Sont comme ces verres magiques,
Qui ſemblent groſſir les objets.

LE CHEVALIER.

Ah, Frontin, de quels dons n'eſt-elle pas pourvûë !
Je laiſſe ſa figure. En te la préſentant,
Que t'apprendrois-je ? Tu l'as vûë.

FRONTIN.

Pour ce point, il eſt vrai, j'en ſuis aſſez content;

LE CHEVALIER.

Elle eſt encor plus belle en elle-même.
Conſtante, enviſageant avec égalité,
Et l'infortune & la proſpérité;
Toujours vraie, & toujours d'une droiture extrême,
Aux plus beaux ſentimens s'élevant ſans fierté,
Sage, non par l'honneur qu'on trouve à le paroître;
Non, par le frein des Loix en ſecret combattu,
Mais par le doux plaiſir de l'être,
Et par amour pour la vertu,

C'eſt ce motif puiſſant, c'eſt ce juſte mobile,
Qui d'un cœur innocent & d'un eſprit docile,
Des folles paſſions banniſſant le poiſon,
Fait que pour ſon bonheur la Nature épurée
Regne dans ſon ame éclairée
Par le flambeau de la raiſon.

FRONTIN.

Si c'eſt là ſon portrait, vous êtes très-louable
De lui cacher quel ſang vous a donné le jour,
Elle vous blâmeroit ſans doute d'un amour,
Qui pour vous & pour elle eſt ſi peu convenable,
Car, Monſieur, encore une fois ....
Mais, Ciel! qu'entens-je? quel tapage!
(On entend un cliquetis d'épées.)
Quelqu'un feraille dans le bois.

LE CHEVALIER.

Que vois-je! un homme ſeul eſt attaqué par trois!
Il faut de ce péril que mon bras le dégage.

SCENE II.

FRONTIN.

VOilà par quels objets ſon cœur eſt remué;
Le péril a pour lui des charmes.
Avec quelle allégreſſe au milieu des allarmes

Etourdîment il s'eſt rué !
Ah ! dans de ſemblables vacarmes,
Quel bonheur que je ſois ſans armes,
Car je tuerois ou je ſerois tué ....
Mais leurs ennemis ſont en fuite,
Et de tout embaras, grace au Ciel, je ſuis quitte.

SCENE III.

LE CHEVALIER, LE COMTE, FRONTIN.

LE COMTE.

En quels termes, Monſieur, pour un ſi grand bienfait,
Mon cœur peut-il vous rendre grace ?

LE CHEVALIER.

Il n'en eſt pas beſoin, Monſieur, je n'ai rien fait
Qu'un autre n'eût fait à ma place.

LE COMTE.

Avant qu'un ſoin preſſant me force à vous laiſſer
Daignez, Monſieur, m'aprendre, je vous prie
Le nom du galant homme à qui je dois la vie.

LE CHEVALIER.

A votre tour, Monſieur, daignez m'en diſpenſer.

LE COMTE.

Soyez moins réservé ; faites-vous violence.

LE CHEVALIER.

Cessez sur ce point-là, Monsieur, de me presser.
D'importantes raisons m'imposent le silence.

LE COMTE.

Je n'insisterai point. Mais j'espére qu'un jour,
Il vous sera permis de vous faire connoître.
De ces lieux devenu le maître,
Dans deux heures au plus je serai de retour.
Je vais enfin rejoindre une épouse fidelle,
Et réhabiliter des nœuds,
Dont j'ai pour gage, aussi bien qu'elle
Une fille qu'à tous les yeux
On a cachée avec tant de prudence,
Qu'à vingt ans elle-même ignore sa naissance,
Je suis le Comte d'Ormilly ;
Et si dans l'embaras dont vous faites mystére,
Mon crédit vous est nécessaire,
Vous pouvez faire agir la femme du Bailli.

FRONTIN, *à part.*

Ma foi, les deux feroient la paire.

LE COMTE.

Le chagrin de partir, Monsieur, si brusquement
Est adouci par l'esperance
De revenir incessament

Vous marquer ma reconnoiſſance :
Heureux, ſi je parviens par mon attachement,
A mériter l'honneur de votre bienveillance.

LE CHEVALIER.

Vous me charmez, Monſieur ; & je voudrois pouvoir,
Par mon zèle & ma déference,
Payer une amitié, dont le flateur eſpoir
Déja de mes chagrins calme la violence.

LE COMTE.

Adieu, Monſieur, juſqu'au revoir.

SCENE IV.

LE CHEVALIER. FRONTIN.

FRONTIN.

J'Avois bien raiſon tout à l'heure
De vous qualifier un Héros de Roman,
J'admire vos Exploits, & je crois ou je meure ;
Que vous avez un taliſman ;
Heureux s'il eût charmé le Comte votre Frere,
Et la Marquiſe votre mere,
De qui l'aveugle haine à tort vous exila,
Vous donnant ſeulement, pour vous tirer d'affaire,
Vingt mille écus, & moi, qui vaux cet argent-là.

Un mois s'eſt écoulé depuis cette rupture ;
Et déja, Monſieur, vous voilà
A votre troiſiéme avanture.
D'abord en galopant & par monts & par vaux ;
Le Démon des combats à vos regards preſente
Dans un caroſſe à ſix chevaux
Une Dame pâle & tremblante
Qu'au milieu de ſes gens, par la peur ſuffoquée ;
Prétendoient enlever trois Cavaliers maſqués.
Auſſi-tôt en vrai Don-Quichotte,
Qui s'eſt mis dans l'eſprit que la Gloire l'attend,
Vous volez, je vous vois plaignant votre marote
Tantôt battu, tantôt battant,
Vous tirez pluſieurs coups, vous pouſſez mainte botte ;
Et vous en eſſuyez autant ;
Le tout ſans aucun mal pourtant.
Pour comble de bonheur par la Maréchauſſée
Enfin la victoire eſt fixée.
Deux de vos ennemis ſe ſauvent effrayés.
L'autre eſt bleſſé, ſaiſi, couché ſur la pouſſiere ;
Mais ſon maſque tombe à vos pieds ;
Et l'on reconnoît votre frere,
A cet objet qui glace nos cœurs & le ſien ;
Nous fuyons à bride abatuë,
Sans ſçavoir quelle eſt l'inconnuë ;

Que vient de délivrer votre bras & le mien.

LE CHEVALIER.

Voilà comme souvent pour le bien qu'on veut faire
On ne recueille que tourment.
Ce singulier évenement
N'a fait que redoubler la haine de mon frere.

FRONTIN.

La peur de son trépas, qu'il a trop mérité,
Et d'un procès pour vous peut-être aussi tragique;
Vous oblige de fuir toute société;
Et dans ce Bois, par mon crédit unique,
De mon plus cher parent la demeure rustique
Vous procure un azile & l'hospitalité.
Nous pensions être en paix. Point; un diable héroïque
A juré de troubler notre tranquilité.
Un beau jour des cris lamentables
Dans le bois entraînent vos pas;
Et vous y rencontrez un tendron plein d'apas,
Que poursuivoit un loup des plus épouvantables,
Qui vouloit sans façon en faire un bon repas,
Malgré ses charmes respectables,
Dont il ne s'embarassoit pas.
Tout à coup échauffé d'un couroux légitime;
Et des torts féminins zélé réparateur,
Vos mains arrachent la victime

Des dents du Sacrificateur.
Sur vous alors il se jette de rage,
Mais vainement, & bientôt foudroyé
Des efforts de votre courage,
Le Sacrificateur tombe sacrifié.
Le malheur de cette conquête,
Monsieur, je le dis entre nous,
C'est que si vous avez triomphé de la bête,
La fille a triomphé de vous.
Ce matin vous troublez mon somme;
Pour venir dans ce bois rêver profondément,
Et vous y conservez les jours d'un galant homme,
Qui de vous, ni de moi n'est connu nullement;
Et qui ne sçait pas seulement
De quelle façon l'on vous nomme.
Si vous continuez, par ma foi les Richards,
Les Amadis, les Rolands, les Bayards,
Et les quatre fils Aimon même,
Ces braves & pieux Chevaliers,
Ne me paroîtront pas, quoiqu'au fond je les aime,
Dignes d'être vos Ecuyers.

LE CHEVALIER.

D'autres que moi, Frontin, pouroient dans tes peintures
Trouver dequoi se divertir.
Mais à quel propos m'endormir

Du

Du récit de mes avantures ?

FRONTIN.

Oh, je vous ai promis de jaſer ; je le fais.
D'ailleurs, je vous l'ai dit, j'écrirai votre hiſtoire ;
Et je vous entretiens de vos geſtes & faits,
Pour les gráver dans ma mémoire.

LE CHEVALIER.

Si le don de jaſer eſt pour toi ſi flateur,
Entretiens-moi de la Beauté que j'aime......
Mais qu'apperçois-je, & quel bonheur
Si matin dans ces lieux la conduit elle-même ?

SCENE V.

LE CHEVALIER, FELICIANE, FINETTE, FRONTIN.

LE CHEVALIER.

QUE votre vuë en ce moment,
Après un ſi long tems qu'il m'a fallu l'attendre,
Me cauſe un tranſport vif & tendre !
Quel contretems hier m'a ſi cruellement
Enlevé le plaiſir charmant
De vous voir & de vous entendre ?.....
Mais quel nuage obſcurcit vos beaux yeux,

Feliciane ? ... Hélas! ... dissipez mes allarmes.

FINETTE.

Si nous fumes hier absentes de ces lieux,
Ce jour .... Cessez, Monsieur, d'en regretter les charmes,
Ce jour fut un jour odieux,
Et ma sœur avec moi l'a passé dans les larmes.

LE CHEVALIER, *à Feliciane.*

Qui, vous, à ce discours mes esprits confondus...
Parlez... quel malheur ?.. quel outrage ?...

FELICIANE.

Ah, Monsieur, nous sommes perdus.

FRONTIN, *à part.*

Bon, fort bien, voici quelque orage.

LE CHEVALIER.

Nous perdus ! Hé comment ?

FINETTE.

On va la marier.

LE CHEVALIER.

Qu'entends-je ?

FRONTIN.

O Ciel ! (*à part.*) je te rends grace.

LE CHEVALIER.

Ah ! vainement ce malheur nous menace ;
Et mon amour peut y rémédier....
Mais quel est ce Rival à mes vœux si contraire ?

FINETTE.

C'eſt un nommé Baſile, un filleul de mon pere,
Qui ſe prévaut de ſon appui,
Et doit de l'Amérique arriver aujourd'hui.

LE CHEVALIER.

Baſile!

FRONTIN, *bas à Finette.*

Pour Mademoiſelle
Tous les Baziles ſont donc faits,
Car c'eſt ainſi que mon Maître s'apelle.

LE CHEVALIER.

Non, je ne ſouffrirai jamais
Que l'on porte à mon cœur cette atteinte mortelle
Il faut que votre pere, informé de nos feux,
Finiſſe nos tourmens & comble tous nos vœux.

FELICIANE.

Inutile démarche, eſperance frivole!
C'eſt ſans fruit nous trahir tous deux;
Mon pere à ſon filleul a donné ſa parole.

LE CHEVALIER.

Il la retirera,

FINETTE.

Ne vous en flattez point,
Opiniâtre au dernier point,
Jamais de ſentiment il n'a changé, je penſe.
S'il daigne déclarer quelle eſt ſa volonté,

Il croit juger à l'audience;
Et tout ce qu'il a dit, doit être éxécuté
Mot à mot comme une sentence.
Ma mere, contre un nœud par mon pere arrêté,
Bataille cependant de toute sa puissance.

FRONTIN.

Sur ce pied, rien n'est fait, pourvû que sans quartier
Votre mere...

FINETTE.

Ma mere est une pauvre femme;
Elle ne sçait pas son métier,
Et tout notre sexe l'en blâme.
Mais mon pere a sur elle un si fort ascendant,
Que pour peu que sa voix s'éleve,
Ma mere, qui toujours, & dans chaque incident,
Commence mieux qu'elle n'acheve;
Fait le plongeon, quoiqu'en grondant.
Ainsi tout va chez nous. Oh dame;
Ce n'est pas comme ailleurs; je vous l'ai déja dit.
Il est le maître, il gronde, il contredit.

FRONTIN.

Fi, c'est empieter sur les droits de sa femme.

LE CHEVALIER *à Finette.*

Hé bien, si vous vouliez pour lui donner du cœur,
De notre amour lui donner connoissance,

FINETTE.

L'avis est excellent ; mais il faut que ma sœur
Se charge de la confidence.
Elle peut tout sur elle ; & moi, de mon côté
Je vais tâcher de convertir mon pere ;
Car je suis son enfant gâté,
Comme ma sœur l'est de ma mere.

FELICIANE.

Je veux bien lui parler. Je ne rougirai point
D'une tendresse qu'a produite
Et ma reconnoissance & tout votre mérite.
Mais je crains que sur un tel point
Quel que soit le pouvoir de ce nouveau mobile,
Ma mere ne se donne une peine inutile
Au trop tendre amour qui nous joint.
Hélas ! pourquoi faut-il, quand d'un bras salutaire
Vous m'avez dans ce bois rendue à la lumiere,
Que l'amour sur nos cœurs ait étendu ses coups ?
Et de quoi sert à mon ame attendrie
Que vous m'ayez sauvé la vie,
Si je ne puis la passer avec vous ?

LE CHEVALIER.

Hé quoi ! se pourroit-il, lorsque votre tendresse
De vos jours conservés est le prix le plus doux,
Que votre main, de l'ardeur qui me presse,
Ne devînt point un prix dont je suis si jaloux.

Ah ! dans le désespoir où mon ame se livre ,
N'en doutez point, je cesserai de vivre,
Si je ne puis vivre pour vous.

FRONTIN, *à part.*

Ah ! je me sens le cœur tout sans dessus dessous.

FINETTE.

Je ne vous conçois point, quelle erreur vous possede,
Quoi ! vous perdez ainsi de précieux instans ?
Le mal n'est pas venu ; le chagrin le précede,
Mais c'est bouleverser , lorsqu'ainsi l'on procede ;
L'Ordre des choses & des tems
Affligez-vous après ; d'accord & je l'entends ;
Mais avant courez au remede.

LE CHEVALIER.

Votre sœur a raison. Allons, mon cher Frontin ;
De mille expédiens ton génie est la source
Procure-moi quelque ressource ,
Qui fasse à notre gré changer notre destin.

FRONTIN.

J'y consens. Voyons donc ce que nous pouvons faire.

FINETTE.

Je vois venir là-bas & mon pere & ma mere ,
Partons.

FELICIANE.

Adieu, Monsieur. Il faut nous séparer.

LE CHEVALIER.

Non, nous nous retirons. Vous pouvez demeurer,
Vous, ſpirituelle Finette,
Prenez mes interêts, conſolez votre ſœur...
Feliciane, adieu. Que le trouble où me jette
Notre diſgrace & ma retraite,
Vous montre quel pouvoir vous avez ſur mon cœur.

SCENE VI.

FELICIANE, FINETTE.

FINETTE.

Ma ſœur, en ce moment j'invente un ſtrata-tagême.
Comme votre futur de ſes jours ne vous vit,
Je ne penſe pas qu'il vous aime.
Je veux vous ſupplanter. Le tour eſt plein d'eſprit.
Je mettrai mon plus bel habit,
Des mouches, des rubans, du fard même.
J'oubliois le meilleur; je mettrai des pompons.
Je lui prodiguerai l'art des minauderies,
Je roulerai ſur lui des petits yeux fripons,
Je l'aiguillonnerai de mille agaçeries.
Quant à vous, faites-lui le plus mauvais accueil,
Affectez un air gauche, un entretien mauſſade,

Soyez brusque avec honte, & sotte avec orgueil,
Jaunissez-vous le teint, feignez d'être malade,
Et coiffez-vous en battant l'œil.
Il vous détestera, j'en donne ma parole.
Il faudra qu'il m'adore, & j'en fais mon mari.

FELICIANE.

Ah, ma sœur, que vous êtes folle!

FINETTE.

Oh, paix, taisons-nous, les voici.

SCENE VII.

LE BAILLI. LA BAILLIVE. FELICIANE. FINETTE.

LE BAILLI.

Ah, vous voilà, Me la pleureuse.
Retournez au logis, allez vous préparer
Aux transports d'un époux qui doit vous rendre heureuse,
(*bas à Finette.*) Tu viens de la bien chapitrer?

FINETTE.

Oh, je vous en réponds.

LE BAILLI.

L'aimable enfant!

FELICIANE, *bas.*

Ma mere,
Ayez pitié de moi.

LA BAILLIVE, *bas.*

Va, va, laiſſe-moi faire.
Du péril que tu cours je ſaurai te tirer.

SCENE VIII.

LE BAILLI. LA BAILLIVE.

LE BAILLI.

OR ſus, ma chere & douce femme,
Puiſqu'en ce jour l'eſprit de contradiction
Vous fait à cet excès, pour le bien de votre ame,
Savourer le ragout de l'altération,
Grondez, je le permets; ce lieu vous favoriſe,
Nous voilà dépêtrés de voiſins & d'enfans;
Mais ailleurs je vous le défends.
C'eſt un mauvais exemple, & cela ſcandaliſe.
Ça voyons donc quelle raiſon,
Quand je veux dans cette journée
Unir Baſile avec ma fille ainée,
Vous fait trouver mauvais ce que j'ai trouvé bon.

LA BAILLIVE.

Mais vous-même, Monſieur, quel motif vous engage
A faire un pareil mariage ?

LE BAILLI.

Je vous ſatisferai, quand vous prendrez ce ton,
primò. J'eus tant à cœur d'unir nos deux familles,
Qu'au compere Baſile, alors qu'il expiroit
Pour ſon fils au berceau je promis de mes filles
La premiere qui me viendroit ;
Or vous ſçavez que les paroles,
Dont on s'enchaîne en faveur des mourans,
Ne ſont pas des liens frivoles,
Tels qu'on ſe les figure à l'égard des vivans.
Et cette promeſſe ſacrée
Je l'ai depuis, chez lui, comme chez nous ;
A mon petit Filleul, cent fois réïterée,
En le faiſant danſer ſur mes genoux.
Je ſuis homme d'honneur ; j'abhorre les baſſeſſes ;
Je l'ai promis & je le tien.

LA BAILLIVE.

Mais M^{r} mon mari, ces ſortes de promeſſes
Dans le fond n'engagent à rien.

LE BAILLI.

N'engagent à rien ? Ciel ! eſt-ce une choſe honnête,
Pour un Magiſtrat tel que moi,

De tromper, d'être injuste, & de trahir sa foi?
Vous me faites dresser les cheveux à la tête.
secundò. . . .

SCENE IX.

LE BAILLI. LA BAILLIVE. LE SYNDIC. LE MAGISTER.

LE SYNDIC.

Monsieur le Bailli,
Nous vous venons tous deux, comme à notre refuge,
Annoncer. . . .

LE BAILLI;

Aprenez, Syndic trop impoli;
Que ce n'est pas ainsi que l'on aborde un Juge.
Si vous avez le tems de me parler,
Je n'ai pas, moi le tems de vous entendre;
Et comme il vous faudroit peut-être trop attendre,
Autant vaut-il vous en aller.
J'ai dit

LE SYNDIC, *bas au Magister.*

Paix, il gronde sa femme;
Ne l'interrompons point.

LE MAGISTER, *bas.*

Cela seroit infâme,

LE SYNDIC.

A votre aise, Monsieur. Nous allons cependant
Nous promener, en attendant
Que vous ayez congédié Madame.

LE BAILLI.

Fort bien.

SCENE X.

LE BAILLI. LA BAILLIVE.

LE BAILLI.

SEcundò je reviens
A l'exposé de mes moyens)
Bazile est honnête homme & d'un mérite rare.

LA BAILLIVE.

Comment le sçavez-vous? depuis vingt ans & plus
Que d'une mer sans fin l'espace nous sépare,
Vous ne vous êtes jamais vûs.

LE BAILLI.

Comme vous raisonnez! est-ce sur le visage
Qu'un Juge envers quelqu'un rend ses conclusions?
Sachez que l'on connoît l'ouvrier par l'ouvrage,
Et l'homme par ses actions.

SCENE XI.

LE BAILLI. LA BAILLIVE. FRONTIN.

FRONTIN, *à part.*

AH! qui ſont ces gens-là? Cachons-nous, & voyons.

LA BAILLIVE.

Qu'a donc fait de ſi beau ce filleul?

LE BAILLI.

Des merveilles;
Dont le détail ravit l'eſprit & les oreilles.
Emmené par ſon oncle à l'âge de cinq ans,
Il quitte ſon pays, ſes amis, ſes parens,
(Suivez-moi, la matiere eſt ample)
Il va d'un bout du monde à l'autre extrémité,
Avec une docilité
Qui, je crois, n'eut jamais d'exemple.
Tous le plaignoient; lui ſeul ne ſe plaignoit de rien.
Nul chagrin, pas la moindre allarme.
Car j'y pris garde, & je m'en ſouviens bien,
Il ne verſa pas une larme:
Marque d'un cœur qui n'eſt point apprenti
A ſçavoir prendre ſon parti.

Aux Indes, de quel ſoin le croyez-vous avide ?
D'être de ſots amis le flateur & l'agent ?
Ou des Beautés du lieu l'admirateur ſtupide ?
Non, il amaſſe de l'argent ;
Preuve qu'il s'attache au ſolide.
Cependant ſe voit-il ſoixante mille francs,
Qu'en louis il m'écrit qu'il rapporte comptans ;
Il n'en cherche pas davantage.
Il ſçait donc ſe borner ; il eſt donc homme ſage.
Auſſi ne va-t-il pas les manger dans Paris,
Ville où la mode veut que l'on brille à tout prix.
Il vient les conſerver au ſein de ſon village,
Où le bien néceſſaire eſt le ſeul bien permis.
Et c'eſt encore un témoignage
Qu'il eſt bon citoyen, & chérit ſon pays.
Mais ce qui plus encor flate & charme mon ame,
C'eſt que dans ſa fortune il ſe ſouvient de moi,
Et qu'enfin réclamant ma parole & ma foi,
Il veut que tout de bon ma fille ſoit ſa femme.
Il ne s'informe point du tout
Si la future eſt laide ou belle,
Douce, ou pleine d'humeur, laide ou ſpirituelle,
C'eſt ma fille, il ſuffit, il la croit de ſon goût.
De cela je concluș, (car je dois m'y connoître,
Et le portrait eſt reſſemblant)
Que mon filleul Baſile eſt un homme excellent,

Et je dirois parfait, si l'homme pouvoit l'être.

LA BAILLIVE.

Je le veux. Mais enfin ce n'est qu'un Villageois.
Un tas de Paysans compose sa famille,
Et d'un Bailli Feliciane est fille.
Vous pouriez faire un meilleur choix.

LE BAILLI.

Ah, ah! cette alliance à vos yeux paroît mince,
Parce que je suis bon bourgeois?
Vous verrez qu'il faudra que je lui donne un Prince.

LA BAILLIVE.

Un Prince! ... Non pas, mais je crois...

LE BAILLI.

Quoi donc? un Seigneur de Province?

LA BAILLIVE.

Pourquoi non?

LE BAILLI.

Un tel gendre aime à donner la loi
A son très-honoré beau-pere.
Chez moi je ne veux point d'autre maître que moi.
Ces Messieurs qui, guindés dans leur gentilhommiere,
Pour nous autres Robins se piquent de mépris,
Pensent qu'il est moins noble & d'un moins digne prix

D'entendre la justice & de sçavoir la faire,
Que de tuer de timides perdrix,
Ou de rosser avec esclandre
De pauvres Paysans qui n'osent se défendre :
Tandis que sur le grand chemin
Leurs femmes font lier & le foin & la paille ;
Ou vont, la baguette à la main,
Dans une basse-cour régenter la volaille.
Pour ma fille le beau mari !
Fy. *Si vis nubere*, dit-on, *nube pari*.
Basile est son égal ; *ergo* je le préfere.
En lui je n'aurai point un gendre impertinent ;
Et j'en ferai mon Lieutenant ;
Ainsi que l'étoit feu son pere.

LA BAILLIVE.

Mais Basile, Monsieur, n'a point étudié.

LE BAILLI.

Je suffis pour lui tout apprendre ;
Il fera mes extraits ; il n'aura qu'à m'entendre.
Je veux que son esprit, sur le mien copié,
Se forme à la Justice en me la voyant rendre.

LA BAILLIVE.

Prenez garde, en jugeant ces nœuds bien assortis,
De faire un pas de clerc, je vous en avertis.

LE BAILLI.

Un pas de clerc! Qui, moi? quels termes! quelle idée!
Quand

Quand des Sentences que je rends
On n'en a jamais vû depuis plus de trente ans,
Une ſeule annullée, infirmée, amendée.
Ma femme, vous bleſſez le reſpect qui m'eſt dû;
Et je vous impoſe ſilence.
Le trait que ſans raiſon votre audace me lance,
Ne fera que hâter ce que j'ai réſolu.

SCENE XII.

LE BAILLI, LA BAILLIVE, LE SYNDIC, LE MAGISTER, FRONTIN, *qui écoute.*

LE BAILLI.

MOns le Syndic?

LE SYNDIC.

Pardon de notre etourderie;
Monſieur. Mais s'il faut croire un fidéle rapport;
Le Seigneur du Village eſt mort.
Son Bien tombe à ſa ſœur; qui, dit-on, ſe marie
A quelqu'un qui d'ailleurs, ainſi que je l'entends;
Eſt déja ſon mari depuis plus de vingt ans.

LE BAILLI.

Quel galimatias eſt-ce là je vous prie?

LE MAGISTER.

On nous a dit encore qu'ils viendront tout d'un tems
Prendre possession de cette Seigneurie.

LE BAILLI.

Que m'importe ?

LE SYNDIC.

Il faudra pour leur réception
Mettre les Habitans en haye & sous les armes.

LE BAILLI.

Ce soin-là vous regarde, il a pour vous des charmes,
Mais il est au-dessous de mon attention.

LE MAGISTER.

Monsieur, pour leur montrer l'excès de notre zèle,
J'ai conçû le projet d'un divertissement,
Et je viens l'exposer à votre jugement.

LE BAILLI.

Mons le Magister, bagatelle,
Et plus grande que l'autre encor.
Allez, *de minimis....*

LE MAGISTER.

Quoi ?

LE BAILLI.

Non curat prætor.
Lorsqu'ils viendront, j'irai leur faire une harangue
A la tête des Habitans.

Ils peuvent arriver. Un quart d'heure de tems
Suffit pour préparer mon eſprit & ma langue.
Mais pour être prêts, vous, ce n'eſt pas trop d'un jour.
Allez, & laiſſez-moi ; c'eſt aſſez, hors de cour.
(*Ils ſortent.*)

SCENE XIII.

LE BAILLI. LA BAILLIVE. FRONTIN *qui écoute.*

LA BAILLIVE, *à part.*

QUelle heureuſe nouvelle ! (*haut*) En cette circonſtance,
Mon mari, par reſpect, vous devez differer
L'hymen dont il s'agit, & pour le celebrer,
Attendre que de leur preſence
Nos Seigneurs puiſſent l'honorer.

LE BAILLI.

Fort bien ! Nous y voilà ! que d'eſprit ! quelle trame !
Oh, pour le coup vous oubliez
Que nous ſçavons lire dans l'âme
Des coquins les plus fins & les plus déliés.

Je vous entends, ma chere femme;
Vous pensez, pour avoir été
Femme de chambre de Madame,
Que vous m'accablerez de son autorité.
Mais vous vous repaissez d'un espoir inutile.
Pour hâter un hymen, dont je ne démords pas;
Je vais dresser le contrat de ce pas,
Et le faire approuver par Me Basile.
Voyez où j'en serois, si j'étois moins habile.

(*Il sort.*)

SCENE XIV.

LA BAILLIVE. FRONTIN, *qui écoute.*

LA BAILLIVE.

PAtience; s'il veut en venir aux effets;
Par un dernier ressort renversons ses projets.

(*Elle sort.*)

SCENE XV.

FRONTIN.

PAuvre Noblesse, un fat vous hait & vous méprise....

Il faut donc étouffer la résolution
Qu'avec mon Maître j'avois prise
D'instruire le Bailli de sa condition.

SCENE XVI.

FRONTIN. ARLEQUIN. SCAPIN.

ARLEQUIN.

ENfin je vous revois, confins de Normandie,
Lieux fortunés, où j'ai reçû le jour.
Charmans petits oiseaux, célébrez mon retour.

FRONTIN.

Ce minois, plus je l'étudie,
Me paroît ressembler à celui d'Arlequin.

ARLEQUIN *appercevant Frontin.*

Que vois-je! me trompé-je?

FRONTIN.

Arlequin!

ARLEQUIN.

Cher Frontin.

FRONTIN.

En ton pays quel bonheur te ramene?
D'où viens-tu?

ARLEQUIN.

Du Miſſiſſipi,
Où pour contrecarrer la Juſtice inhumaine,
La Cour m'avoit nanti d'un fort joli domaine.

FRONTIN.

Je t'entends. Voila donc ton honneur recrepi ;
Mais quel eſt ce grand eſcogriſe ?

ARLEQUIN.

Un ami de voyage, un bon Napolitain
Débarqué dans Quebec à bord d'un Brigantin,
Ayant bon pied, bon œil, & ſurtout bonne griffe.

SCAPIN.

Monſieur !

ARLEQUIN.

En fourberie un enragé lutin.

SCAPIN.

Ah, Monſieur ! ſur ma foi, c'eſt outrer la louange ;
Et vous me confuſionnez.

FRONTIN.

Vous ſavez donc fourber ?

SCAPIN.

Ah !

FRONTIN.

Tant mieux ; vous venez
Exprès pour me tirer d'un embaras étrange

ARLEQUIN.

Scapin, il faut l'aider ; c'eſt mon meilleur ami.

SCAPIN.

Volontiers.

FRONTIN.

Il s'agit de tromper le Bailli.

ARLEQUIN.

Qui ? le Bailli ! j'en ſuis. C'eſt de ſa bienveillance
Que j'ai reçû l'honneur d'être Miſſiſſipien ;
C'eſt un honnête homme, il faut bien
Lui prouver ma reconnoiſſance.

FRONTIN.

Mon Maître aime ſa fille, & ce vilain Bailli,
Par un maudit caprice à vaincre difficile,
Lui deſtine un autre mari.

ARLEQUIN.

Je le ſçais.

SCAPIN.

Je le ſçais auſſi.
Il veut la marier avec M^r^. Baſile.

FRONTIN.

Qui diable vous l'a dit ?

SCAPIN.

Lui

FRONTIN.

Vous le conoiſſez ?

ARLEQUIN.

J'ai les ſens encore oppreſſez

De ſa converſation fade.

SCAPIN.

Nous ſommes arrivés dans le même vaiſſeau.

FRONTIN.

Hé qu'avez-vous fait de ce beau camarade?

ARLEQUIN.

Il eſt fort loin d'ici reſté dans un Hameau,
Où nous l'avons laiſſé malade.

FRONTIN.

C'eſt fort bien fait, vraiment, & nous aurons ainſi
Tout le tems de nous reconnoitre.

SCAPIN.

Vous voulez lui ravir la fille du Bailli,
Pour la donner à votre Maître?

FRONTIN.

Juſte.

ARLEQUIN.

Cela s'entend.

SCAPIN.

Fort bien!

FRONTIN.

Vous deux & moi,
Cherchons donc quelque ſtratagême

SCAPIN.

J'y ſonge.

ARLEQUIN.

Nous comptons ſur toi,

FRONTIN.

ıerche auſſi.

ARLEQUIN.

Soit; fais-en de même.

SCAPIN.

Votre Maître eſt-il aimé?

ARLEQUIN.

Quoi?

SCAPIN.

Paix, paix.

FRONTIN.

Si ſa Maîtreſſe l'aime?

Sans doute.

SCAPIN.

Tant mieux.... Un moment

ARLEQUIN *à part*.

Je vois un embarras extrême.

SCAPIN *à part*.

J'entrevois quelque choſe.

FRONTIN.

Hitem!

SCAPIN.

Mais confuſément.

ARLEQUIN.

Ouvre, ouvre bien les yeux.

SCAPIN.

L'objet à mon œil ſombre

Eſt comme un feu follet qui voltige dans l'ombre.

FRONTIN.

Courage

SCAPIN, *à part.*

Juſtement

ARLEQUIN.

Hé bien ?

SCAPIN.

Je n'y ſuis point,

FRONTIN.

Tant pis.

ARLEQUIN.

L'animal !

SCAPIN.

Patience.

FRONTIN.

Rêvons.

SCAPIN *à part.*

Oui.

ARLEQUIN *à part.*

Non.

FRONTIN *à part.*

Mauvais moyen

SCAPIN *à part.*

Je m'égare.

FRONTIN *à part.*

J'enrage

ARLEQUIN.

Ah, ma foi, je le tien.

FRONTIN.

Eſt-il poſſible ?

SCAPIN.

En conſcience ?

FRONTIN.

Qu'eſt-ce que c'eſt ?

SCAPIN.

Dis.

ARLEQUIN.

Ce n'eſt rien.

SCAPIN.

Le butord.

FRONTIN.

Voulez-vous m'en croire ?
Allons y réfléchir chez-moi le verre en main.

ARLEQUIN.

Bon !

SCAPIN.

Bien dit, mon eſprit s'éguiſe dans le vin.

ARLEQUIN.

Moi, je ſuis propre à tout lorſque l'on me fait boire.

Fin du premier Acte.

ACTE SECOND.

SCENE PREMIERE.

LE CHEVALIER. FRONTIN. ARLEQUIN. SCAPIN.

LE CHEVALIER.

NOn, je ne puis gouter votre projet ;
Et vous prenez une peine inutile.
A mille contretems je fens qu'il eft fujet ;

FRONTIN.

Quand il en produiroit dix mille,
Vos vingt mille écus feuls en détruiront l'effet.
Et dût-il furvenir encor quelques obftacles,
Ces deux Meffieurs font gens à faire des miracles.
Ce brave homme * intrigant parfait,
A fur un Brigantin apris fon art fuprême.
Pour lui ** fi vous fçaviez de quel péril extrême

* *Montrant Scapin.*
** *Montrant Arlequin.*

Il a sçu se tirer, quoique pris sur le fait!
Le Juge, le Juge lui-même
En a paru tout stupéfait.

LE CHEVALIER.

Mais quand on ne pourroit pénétrer ce mistere,
Je ne sçaurois enfin me resoudre à mentir.

SCAPIN.

Quoi Monsieur, vous aimez, & le scrupule austere
A votre esprit se fait sentir ?

ARLEQUIN.

Votre délicatesse est une maladie.

FRONTIN.

Aux loix de ce pays, Monsieur, vous dérogez;
Respectez l'usage, & songez
Que vous êtes en Normandie.

LE CHEVALIER.

C'est un mal de plonger les autres dans l'erreur.
C'est l'effet du mensonge, aussi l'ai-je en horreur.

FRONTIN.

Oui-dà; lorsqu'en trompant les autres,
Le mensonge leur nuit, c'est un mal; j'en conviens;
Et mes sentimens sont les vôtres.
Mais en tout autre cas, Monsieur, je vous soutiens,
Que le don de mentir, loin que ce soit un crime,
Est souvent nécessaire & même légitime.
Hé quel est s'il vous plaît, l'homme qui ne ment point?

Consultez en tous lieux l'usage sur ce point ;
Il est & doit être unanime.
S'il falloit que toujours on dît la vérité,
Où seroit la société ?
Verroit-on les femmes entr'elles
Se faire tant de complimens ?
Pourroit-on à la Cour s'épuiser en serment,
Pour des amitiés éternelles ?

SCAPIN.

Proscrire le mensonge ! Ah, Monsieur, dans ce tems
C'est presque à l'Avocat couper net la parole.
C'est réduire un procès à moins d'un demi rôle,
C'est ruïner les Procureurs.

ARLEQUIN.

Que deviendroient tous les faiseurs d'histoires
Et d'Epitres dédicatoires,
Et l'éloge des grands Seigneurs ?

FRONTIN.

Ne faut-il pas, d'un ton qui paroit véritable,
Louer des Financiers l'air fin, noble, engageant ?
Sans cela pourroit-on être admis à leur table,
Et leur emprunter de l'argent ? ...
Après tout, c'est vous seul que l'affaire interesse,
Voyez si vous voulez la rompre, ou la finir.

ARLEQUIN.

Gardez, Monsieur, gardez votre délicatesse,

Basile qui va revenir,
Epousera votre maîtresse.

SCAPIN.

Sans doute.

LE CHEVALIER.

Mais enfin que dira-t-on de moi,
Si quelque contretems trahit notre entreprise ?

FRONTIN.

Qu'avec esprit, Monsieur, c'est travailler pour soi,
Et que la ruse en amour est permise.
Au fond, qui peut se plaindre ? A qui fait-on du tort ?
Le Bailli même y gagne, & je me trompe fort,
S'il n'est charmé de la méprise.

LE CHEVALIER.

Il est vrai qu'en ceci personne n'est lezé,
Et qu'il n'est rien d'ailleurs de plus pur que mes vues
Soit, je me rends.

FRONTIN.

Fort bien. Pour rendre tout aisé,
Les leçons d'Arlequin maintenant vous sont dûës.

ARLEQUIN.

Non, non, expédions. Peste! je me souviens,
Qu'il n'est autour de la chaumiere,
Où Basile est sur la litiere,
Ni Médecins, ni Chirurgiens,

Il pourroit guerir vîte, & nous rompre en visiere ;

FRONTIN.

Il a parbleu raison.

SCAPIN.

Le drôle n'est pas sot.

LE CHEVALIER.

Allons tout préparer.

FRONTIN.

Je vois venir Finette.

Partez. Défiez-vous de sa langue indiscrete,

Et laissez-moi lui dire un mot.

SCENE II.

FRONTIN. FINETTE.

FINETTE.

Ton maître me fuit, ce me semble

FRONTIN.

Oh point ; mais nous avons des affaires ensemble,

Et pour le retrouver, je ne ferois qu'un saut

Pardonnez-le-moy, je vous prie.

Ce que je puis vous dire en hâte, c'est qu'il faut

Qu'à Bazile aujourd'hui votre sœur se marie.

FINETTE.

A Basile ?

FRONTIN.

FRONTIN.

Et tout au plutot.

FINETTE.

Parlez-vous tout de bon ?

FRONTIN.

Tout de bon je vous jure

FINETTE.

Mr. Frontin ?

FRONTIN.

Plaît-il ?

FINETTE.

Et votre Maître & vous ;
Vous êtes deux coquins, contre qui mon couroux...

FRONTIN.

Ah, quel ſoupçon & quelle injure !
Un tel ſtile eſt-il fait pour des gens comme nous ?

FINETTE.

Vous avez donc au moins quelque complot en tête ?

FRONTIN.

Ah ! c'eſt une autre affaire,

FINETTE.

Et vous me le direz ?
Je viens pour le ſçavoir.

FRONTIN.

Oh, vous m'excuſerez,
Votre délicateſſe eſt un frein qui m'arrête.

Car si de notre ruse & de tous ses ressorts
J'osois vous faire confidence,
Vous en seriez complices, & ce sont des remords
Que vous épargne ma prudence.

FINETTE.

Tenez, Frontin ; à tout je consens de bon cœur,
Si vous ne trompez que mon pere,
Mais ; si vous trahissez ma sœur,
Vous verrez, c'est à moi que vous aurez affaire.

FRONTIN.

Pour nous justifier, & vous tirer d'erreur,
Je vais vous mettre au fait.

FINETTE.

Non, il est inutile.
Je ne veux rien sçavoir.... Je m'en doute pourtant;
Vous voulez que ma sœur se marie à Basile;
Et votre Maître... Allez, suffit, cela s'entend.

FRONTIN.

Quel profond jugement vous me faites paroître!
Motus, au moins. Adieu; je vais joindre mon Maître.

SCENE III.

FINETTE.

QUe veut-il que je dise ? il ne m'a rien apris.
De même envers ma sœur je prétends me conduire
Timide & scrupuleuse, on ne pourroit l'instruire
Du projet pour elle entrepris,
Sans risquer de lui voir détruire.
Le fruit de tous les soins que Frontin auroit pris.
Il faut, en la trompant l'empêcher de se nuire ....
Elle vient, tenons ferme.

SCENE IV.

FELICIANE. FINETTE.

FELICIANE.

EH bien ;
Vous avez vû, Frontin, ma sœur. Que dit-il ?

FINETTE.

Rien.

FELICIANE.

Cela n'est pas possible, Ah, de grace ma chere,

D ij

Eclairez & calmez mon esprit inquiet.
J'ai devancé pour cet effet
Me Basile & mon pere.
Ils viennent; le tems presse & le péril s'accroît.
Quoi, Frontin n'a rien fait?

FINETTE.

Non.

FELICIANE.

Son Maître est tranquile?

FINETTE.

Oui.

FELICIANE.

Peut-il me traiter de la sorte?

FINETTE.

Il le doit.

FELICIANE.

Lui?

FINETTE.

Vous épouserez Basile.

FELICIANE.

Basile?

FINETTE.

Assurément.

FELICIANE.

Et mon Amant pourra
Consentir...

FINETTE.

Oui, ſans doute, il y conſentira.

FELICIANE.

Il ne m'aime donc plus ?

FINETTE.

Mauvaiſe conſéquence.
Il vous aime toujours, croyez-moi, je le ſçais.

FELICIANE.

Comment concilier l'amour & l'inconſtance ?

FINETTE.

Il ne faut pas toujours juger ſur l'apparence
Je vous réponds de lui, ma ſœur, & c'eſt aſſez.

FELICIANE.

Etes-vous donc d'accord avec mon infidelle,
Pour me mettre à la gêne, & pour trahir mes feux ?

FINETTE.

Vous le mériteriez, pour ſoupçonner mon zèle.
Qu'on eſt injuſte, helas ! quand on eſt amoureux ;

FELICIANE.

Mais je n'y comprends rien,

FINETTE.

Il n'eſt pas néceſſaire,
C'eſt moi qui vous conduis ; allez, laiſſez-moi faire.
Acceptez ſeulement Baſile pour époux.

FELICIANE.

Moi, l'accepter ? C'eſt en vain qu'on l'eſpere,

FINETTE.

Je l'accepterai donc pour vous.
Ainsi vous n'aurez qu'à vous taire.

FELICIANE.

Vous avez resolu de me désesperer.

FINETTE.

Vous cesserez tantôt de murmurer.

FELICIANE.

Que voulez-vous donc dire, & quel est ce mistere?

FINETTE.

Oh point de curiosité,
Elle seroit très-inutile.
Ayez de la docilité:
Sinon .... Voici mon pere & Me Basile.
Ne me démentez point; laissez-moi vous guider,
Et ne vous faites pas gronder
Devant cette vieille imbecille.

FELICIANE *à part.*

Dans le trouble où je suis comment me posseder?

SCENE V.

LE BAILLI. FELICIANE. FINETTE. Me BASILE.

LE BAILLI *à Me Basile.*

HE bien notre contrat, qu'en pensez-vous ?

Me BASILE.

Je pense,
Qu'on voit bien qu'il est fait par un homme de loi.
Il est juste, & de plus bien écrit.

LE BAILLI.

Je le croi.
Ma foi, personne dans la France
Ne libelle aussi bien que moi

Me BASILE.

On auroit grand tort de s'en plaindre.

LE BAILLI.

J'écris toujours clairement, nettement.
Il n'est point à mon stile, à parler franchement,
De Notaire qui puisse atteindre.

Me BASILE.

D'accord. Vous écrivez à peindre ;
Cela se lit tout courament

LE BAILLI *à part.*

La Sote ! Elle confond le ſtile & l'écriture.

Me BASILE.

Bon jour, ma bru ; bon jour, Finette.

LE BAILLI.

Ah, vous voici.

Me BASILE.

Monſieur, permettez moi-d'embraſſer la future.

LE BAILLI.

Embraſſez, & ſachez qu'elle eſt en racourci
Tout ce qu'en grand vous ſçavez qu'eſt ſon pere.

Me BASILE.

Elle paroît triſte, compere.

LE BAILLI.

Triſte ? Oh, je voudrois voir cela.

FINETTE.

Ne l'éfarouchez pas par votre ton ſévere.

LE BAILLI *ironiquement.*

A-t'elle à mes déſirs quelque déſir contraire ?

FINETTE.

Obéir eſt celui qu'elle a.

FELICIANE *bas.*

Ah, ma ſœur, voulez-vous vous taire ?

LE BAILLI.

Item ? plaît-il ? que dites-vous là ?
A ſon air le ſang me petille.
Comment morbleu j'aurai le pouvoir en tout tems

De me faire obéïr par six cens bas-Normands;
Et j'aurai le dessous dans ma propre famille ?
Je serai tracassé par ma femme & ma fille ?
Corbleu! Je sévirai contre les delinquans.

FINETTE.

Mon cher petit papa, calmez votre colere
Elle est, encore un coup, prête à vous satisfaire;
Et vous, * gardez-vous de parler.

LE BAILLI.

Elle est bien fille de sa mere,
Il faut toujours la quereller.

Me BASILE.

Mon fils la trouvera toute faite pour plaire.

FELICIANE *à part.*

Puissé-je à ses regards plûtot te ressembler.

Me BASILE.

Mon fils n'est pas non plus si déplaisant qu'on pense,
C'est le garçon, Monsieur, le plus franc, le plus doux!

FINETTE.

Comment diantre le savez-vous,
Depuis plus de vingt ans que dure son absence?

Me BASILE.

Oh mais, c'est qu'à cet égard-là
Il tiendra de son pere, il étoit bon, honnête,

* *A Feliciane*,

Figurez-vous un agneau le voilà.
Je le tournois comme une bonne bête.
Et si pourtant le drôle avoit, malgré cela,
L'art de n'en faire qu'à sa tête.
Il ne s'est jamais vû de menage, je crois,
Aussi tranquille que le nôtre.
Nous vivions en amans, & pendant quinze mois
Que nous avons passés l'un avec l'autre,
Nous ne nous sommes pas querellés trente fois.

LE BAILLI.

C'étoit un bon ménage, en ce cas, que le vôtre

Me BASILE.

Très-bon .... Mais qu'est-ce que je vois!
Ah, Mr le Bailli!

LE BAILLI.

Quoi?

Me BASILE.

Mon fils va paroître.
Je vois l'homme avec qui je sçais qu'il devoit être.

SCENE VI.

LE BAILLI. FELICIANE. FINETTE. Me BASILE. ARLEQUIN.

Me BASILE.

C'Est toi, cher Arlequin? Qu'as-tu fait de mon fils?

ARLEQUIN.

Ah, Me Basile! Ah, que je vous embrasse.

Me BASILE.

Où donc est-il?

ARLEQUIN, *l'embrassant une seconde fois.*

Encore.

LE BAILLI.

Où l'as-tu laissé? Dis.

ARLEQUIN.

Eh, Mr le Bailli? c'est vous? Souffrez de grace
Qu'un pauvre Voyageur, absent depuis cinq ans,
Vous prodigue l'honneur de ses embrassemens.

LE BAILLI.

Amenes-tu Basile? Allons donc, réponds vîte.

Me BASILE.

Quelque obstacle en chemin l'auroit-il retenu?

ARLEQUIN.

Oui, Monſieur...Non, Madame... Il vient, il eſt venu ;
Et le voici lui-même avec ſa ſuite.

SCENE VII.

LE BAILLI, LE CHEVALIER *en habit de voyage*, FELICIANE, FINETTE, Me BASILE, FRONTIN, ARLEQUIN, SCAPIN.

Me BASILE.

AH ! je le reconnois. C'eſt mon fils, mon cher fils !

(Elle embraſſe le Chevalier.)

LE CHEVALIER.

Qu'il eſt doux pour un fils de revoir une mere !

FINETTE, *à part.*

J'avois pénétré le myſtére.

Me BASILE.

La joie a tellement confondu mes eſprits,
Que je ne puis ni parler ni me taire.

LE BAILLI.

Que j'aime à voir ce tranſport mutuel,

Et d'amour filial & d'amour maternel !

FINETTE, *bas.*

Ma chére sœur, tournez vos regards sur Basile.

FELICIANE, *bas.*

Ah ! je ne le verrai que trop.

FINETTE, *bas.*

Non surement.

Faites ce que je dis ; allons, soyez docile.

FELICIANE, *à part, ayant envisagé le Chevalier.*

Que vois-je ! lui ; Basile ! ô ciel ; c'est mon amant.

Me BASILE.

Que je t'aime, mon fils !

LE BAILLI.

C'est assez, ma commere,

Il est ici pour lui d'autres sortes d'amour.

Laissez-nous avoir notre tour.

Me BASILE.

Mon fils, embrassez donc M. votre beau-pere.

LE CHEVALIER *embrassant le Bailli.*

Puisse ce titre & cet honneur,

Monsieur, m'être à jamais garants de mon bonheur.

FELICIANE, *bas.*

Ah, qu'agréablement, ma sœur, c'est me surprendre ?

FINETTE, *bas.*

Vous ne me grondez pas à présent.

LE BAILLI, *envisageant le Chevalier avec étonnement*

Je conçois ;
Mon filleul... que l'espoir... de devenir mon gendre...
Ma foi, plus je le vois, moins je le reconnois.

FRONTIN.

Madame, qui d'abord a reconnu mon maître,
A donc les yeux meilleurs que M. le Bailli.

Me BAZILE.

Oh, dès que je l'ai vu paroître,
Mes entrailles ont tressailli.

SCAPIN.

Ce sont des mouvemens que la Nature cause.

ARLEQUIN.

Ah ! la nature est une belle chose !

Me BAZILE.

D'ailleurs, depuis le jour qu'en chemin je l'ai cru,
J'ai toujours eu l'esprit rempli de sa figure ;
Et le voilà, je vous le jure,
Tel qu'en songe il m'est aparu.

FRONTIN.

Et ce songe est encore un coup de la Nature.

LE BAILLI.

Je sais qu'il n'est pas surprenant,
Que l'on change en vingt ans, surtout de cinq à trente.

Mais la métamorphose est plus que surprenante.
C'étoit un vrai magot; il est beau maintenant.

Me BASILE.

Il tient de moi, Monsieur, il a ma destinée;
Jusques à ma quinziéme année,
J'étois la perle des laidrons.
Mais après ce tems-là partout aux environs,
On ne parloit que de mes charmes.
Aussi mon cher époux leur rendit-il les armes.
Dans notre famille toujours
On embellit en avançant en âge.

FINETTE.

Ah, Me Bsile, à voir votre visage,
Vous rajeunissez tous les jours.

LE BAILLI.

Mais s'il faut citer quelque signe,
Il étoit autrefois extrêmement camus.

ARLEQUIN.

Savez-vous ce qui fait, Monsieur, qu'il ne l'est plus?

LE BAILLI.

Non.

ARLEQUIN.

Le passage de la ligne.

SCAPIN.

En la passant, Monsieur, tout nez s'allonge ainsi.

ARLEQUIN.

Hors le mien. Mais voyez qu'en moi la ligne aussi

A fait un changement insigne.
Car lorsque je partis d'ici,
J'étois presque blanc comme un cigne.

LE BAILLI.

Peste, quelle blancheur !

LE CHEVALIER.

Vos doutes, mon parrain,
Me causent, je l'avoue, un sensible chagrin.

FRONTIN.

Oh, c'est M. Basile, oui, lui-même en personne;
En pouvez-vous douter, vous, M. le Bailli,
Lorsque d'une mere si bonne
Les entrailles ont tressailli;

LE BAILLI.

Mais encore une fois, ce changement m'étonne.

FINETTE.

Que mon cher papa me pardonne.
Des changemens pareils ne sont point étonnans.
Regardez mon portrait, qu'on fit dans mon enfance.
Il me ressembloit fort ; & depuis quelque tems
Il me ressemble autant je pense,
Qu'à Me Basile, avant qu'elle eût quinze ans.

LE BAILLI.

Ah, Finette a raison. La remarque m'éclaire.
A force aussi de l'examiner mieux,
Certain air de famille en lui saute à mes yeux.

Vous

Vous avez le regard de défunt votre pere.

Me BAZILE.

Ah, Monsieur c'est tout son portrait.

LE CHEVALIER.

Puis-je vous demander, mon parrain, quel peut être
Ce couple de beautés si jeune & si parfait ?

LE BAILLI.

Mes filles.

LE CHEVALIER.

Elles sont trop jeunes en effet,
Pour que je puisse les connoître.

LE BAILLI.

Feliciane, allons, saluez votre époux,

FELICIANE, *bas à Finette.*

Le plaisir que je sens, va sans doute paroître ;
Et je me trahirai.

FINETTE, *bas.*

Ma sœur, contraignez-vous.

LE BAILLI.

Hé bien, qu'est-ce que c'est que toutes ces figures ?
Mon filleul, par hazard, ne vous plairoit-il pas ?
En verité, dans certains cas,
Les filles sont de sotes créatures.

LE CHEVALIER.

Ah, de grace, Monsieur, supprimez les injures.
Si je ne pouvois pas, autant que je voudrois ;

Atteindre au bonheur de lui plaire ;
J'en ſerois ſeul la cauſe, & je m'en punirois,
En lui rendant ſa main qui ne m'eſt que trop chere.

LE BAILLI, *à Feliciane.*

Répondez.

FELICIANE.

Vous réduire à cette extremité,
Monſieur, après ce trait de générofité,
Ce ſeroit offenſer la raiſon & mon pere.

LE BAILLI, *au Chevalier.*

Si vous lui déplaiſiez, elle auroit très-grand tort :
Quant à moi, vous me plairez fort.

FRONTIN, *bas.*

Scapin, mettons le comble au ſuccès de l'affaire ;
Donne.

SCAPIN, *donnant une caſſette à Frontin.*

Oui-dà, tiens.

FRONTIN, *au Bailli.*

Monſieur, cette caſſette-ci
Contient vingt mille écus, qu'a ſçû gagner mon
Maître.
Par ſon ordre, en vos mains je les remets ici,
Comme un gage des vœux, qu'il vous a fait paroître.

LE BAILLI, *prenant la caſſette.*

A ce trait, mon filleul ſe fait aſſez connoître.

LE CHEVALIER.

Mon parrain, c'eſt en même tems
Un ſigne de l'impatience
Que me fait éprouver le bonheur que j'attends
De l'honneur de votre alliance.

LE BAILLI.

Oh, je ne ſuis pas moins preſſé.
Rien ne nous retient plus. Allons chez le Notaire
Lui faire minuter dans la forme ordinaire
Votre contrat que j'ai dreſſé.

Mᵉ BASILE.

Allons, & qu'au plutôt ce contrat ſoit paſſé,
Car je brûle d'être grand'mere.

ARLEQUIN.

Madame, vous plait-il de me donner le bras?

Mᵉ BASILE.

Tiens.

SCAPIN.

L'autre eſt donc pour moi?

Mᵉ BASILE.

Sors.

SCENE VIII.

LE CHEVALIER. FELICIANE. FINETTE. FRONTIN.

LE CHEVALIER.

Toi, ne manque pas.....

FRONTIN.

Allez, je ſaurai bien me tirer de ce pas.

SCENE IX.

LE CHEVALIER. FELICIANE. FINETTE.

FELICIANE.

Non, d'un étonnement, qu'augmentoit ma diſgrace,
Mon eſprit n'eſt point revenu
Quoi ! lorſque ſur un inconnu,
De qui l'amour m'afflige, & l'aſpect m'embaraſſe,
Je crois jetter un regard prévenu,
Que la haine effarouche, & que la crainte glace,
C'eſt vous que je trouve à ſa place !

Quoi! je suis désormais exemte du tourment
De combatre sans fruit, ou mon cœur, ou mon pere!
Quoi! vous vous dérobiez aux yeux de votre mere!
Et je vais dans Basile épouser mon amant!

FINETTE.

Voyez combien l'erreur en amour est utile!

LE CHEVALIER.

Je ne dois donc point avoir peur,
Quoique reconnu fils de Madame Basile,
Que pour d'autres que vous ce titre peu flateur,
Diminuant en moi le lustre
D'un état qui peut-être a paru plus illustre,
Diminue à vos yeux le prix de mon ardeur.

FELICIANE.

Cette peur me feroit une injustice extrême.
Soyez assuré que mon cœur
Ne chérit en vous que vous-même.
Mais vous auriez bien dû me confier plûtôt
Ce secret & cette entreprise.
Leur aveu, sans m'ôter une aimable surprise,
Des chagrins les plus vifs m'eût épargné l'assaut.

LE CHEVALIER.

C'est ce qui ne pouvoit se faire,
Mademoiselle, en voici la raison.

FINETTE, *bas.*

Alte-là, songez à vous taire.

(*Haut.*) Point d'éclaircissement; il est hors de saison!
Attendez pour le moins après la signature.
Vous êtes de plaisans amans !
Vous ne devez songer, dans de si doux momens
Qu'au succès de votre avanture.
Lorsque le cœur se porte à des transports charmans,
S'alambiquer l'esprit en vains raisonnemens,
C'est choquer à la fois l'amour & la nature,
Pour le bonheur le plus parfait.
L'hymen à vous unir désormais se dispose.
Lorsqu'on peut jouir de l'effet,
Que sert de connoître la cause ? . . . .
Ma mere vient à nous. C'est à vous qu'elle en veut,
Monsieur. Vous le savez, elle vous est contraire.
Pour la gagner (& c'est le nœud)
Dites-lui des douceurs, flatez son ame altiere ;
Surtout louez sa bonté, s'il se peut.
C'est le vrai moyen de lui plaire.

SCENE X.

LE CHEVALIER. LA BAILLIVE. FELICIANE. FINETTE.

LA BAILLIVE.

QU'avez-vous fait, ma fille, & qu'est-ce que j'apprends !

Votre pere l'emporte, il vous donne à Basile,
Malgré les peines que je prends
Pour tâcher de vous rendre à ses loix moins docile.

FINETTE.

Le moyen qu'une fille ose lui résister ?
Vous êtes son épouse, & plus que nous peut-être,
Vous-même, quelqu'effort que vous puissiez tenter,
Vous éprouvez qu'il est le maître.

LA BAILLIVE.

Paix, raisonneuse, paix. Je parle à votre sœur.
Quoi: vous contrevenez, avec si peu de cœur,
A votre promesse autentique ?
Quoi ! vous pouvez si précipitament
Vous unir éternellement
Avec un Inconnu venu de l'Amérique ?
Hé que savez-vous s'il n'est point
Un brutal orgueilleux, comme l'est votre pere,
Qui vous mettra peut-être au point
Où vous voyez qu'est votre mere.

FELICIANE.

Sans sujet vous l'invectivez.
S'il vous étoit connu, vous changeriez de stile.

FINETTE.

Regardez donc Mr Basile,
Et condamnez ma sœur, après, si vous pouvez.

LE CHEVALIER.

Quoique puisse dire Madame,
Je m'en fie à son équité;
Et je ne croirai point que sa rigueur me blâme,
Avant que de savoir si je l'ai mérité.
Je sai bien que l'honneur où mes vœux osent tendre,
Est si grand qu'il les comble tous.
Mais s'il vous plaît, Madame, ainsi qu'à votre époux,
De m'accepter pour votre gendre,
Chassez tout scrupule, & comptez
Que les soins que je saurai prendre
Pour régler sur vos volontés
Un cœur aussi soumis que tendre,
A vos regards pourront me rendre
Plus digne d'un bonheur, qu'accroîtront vos bontés.

FINETTE.

Ma Bonne, à ce discours & touchant & sincère
Laissez attendrir votre cœur.

FELICIANE.

Ah, ma mere, daignez vous unir à mon pere,
Et consentir à mon bonheur
Qui dépend des nœuds qu'il va faire.

LA BAILLIVE.

Qu'entends-je? Vous l'aimez!

LE CHEVALIER.

Ayez pitié de nous.

FINETTE.

Oui, que de votre aveu cette union se fasse,

FELICIANE.

C'est de votre bonté que j'attends cette grace.

LE CHEVALIER.

Je vous en conjure à genonx.

LA BAILLIVE.

Ma patience enfin se lasse.
Levez-vous, Monsieur, levez-vous.
J'ai regret qu'à vos vœux je ne puisse souscrire,
Mais de bonnes raisons combattent fortement
L'hymen où votre cœur aspire.
Ma fille les ignore, & je vais l'en instruire.
Je n'ai besoin que d'un moment.
Si malgré ces raisons, à mes desirs rébelle,
Feliciane insiste à vous rester fidelle,
Vous pouvez être sûr de mon consentement;
Il ne dépendra plus que d'elle,
Je vous en donne ici ma foi.
Adieu, Monsieur. Venez ma fille, suivez-moi.

LE CHEVALIER, *à Feliciane.*

C'est en vous seule que j'espere.

FELICIANE.

Rassurez-vous. Je vous promets

Que mon amour pour vous ne s'éteindra jamais.

LA BAILLIVE, *se retournant.*

Venez donc.

SCENE XI.

LE CHEVALIER, FINETTE.

LE CHEVALIER.

Que va-t-elle faire?

FINETTE.

Bien du bruit à son ordinaire:
Mais n'appréhendez rien. Ma sœur
A la tête aussi bonne qu'elle.
Sa main vous est promise, & vous avez son cœur:
Allez, il vous sera fidéle.
Pour moi, je vais de loin les suivre, & je lirai
Dans leurs discours les plus intimes.
Ma mere gesticule au suprême degré,
Et j'ai tant vû de Pantomimes,
Que par moi leur jargon est bientôt déchiffré:
Adieu, Monsieur, prenez courage.

LE CHEVALIER, *seul.*

Ciel! vais-je voir sur moi fondre un nouvel orage?

SCENE XII.

LE CHEVALIER, FRONTIN.

FRONTIN.

MOrbleu, vive l'eſprit, & l'argent,& Frontin.
Vingt Louis ont rendu le Notaire docile;
Et tandis qu'en un coin notre Bailli tranquile
Sourioit gravement des lazis d'Arlequin,
Et que notre vieille Baſile
S'enyvroit à longs traits des charmes de Scapin,
A mon gré le Notaire a de ſa main benigne
Inſcrit dans le Contrat toutes vos qualités.
Mais il faut, pour bannir les contrarietés,
Empêcher qu'on le liſe avant que l'on le ſigne.
C'eſt le grand point... Les voici tous.
Monſieur, au moins ſecondez-nous.

SCENE XIII.

LE BAILLI, LE CHEVALIER, Mᵉ BASILE, FRONTIN, ARLEQUIN, SCAPIN, UN NOTAIRE.

LE BAILLI.

Qui peut donc en ces lieux vous amuser, mon gendre ?
Ma foi, j'ai cru que sur vos pas
Chez le Tabellion vous viendriez vous rendre ;
Et je reviens, ne voulant pas
Perdre le tems à vous attendre.

LE CHEVALIER.

Pardonnez. J'ai voulu savoir
Si votre aimable fille approuvoit ma poursuite.

LE BAILLI.

Elle est prête sans doute à faire son devoir ?

LE CHEVALIER.

Pouroit-elle jamais démentir sa conduite ?

LE BAILLI.

Voici votre Contrat. Ecoutez ; vous verrez
Que je vous ai traité d'une façon civile.

LE CHEVALIER.

Cette lecture est inutile.

Je m'en rapporte à vous. Nous sommes assurés,
Ma mere & moi....

ARLEQUIN.

Fi donc. Convient-il à Basile
De se faire lire un Contrat,
Qui dicté par Monsieur doit être en bon état?
Il a dans l'Amerique apris trop bien à vivre,
Pour s'oublier jusqu'à ce point,
Et s'il le prétendoit, moi qui l'y voulus suivre,
Pour l'honneur du pays je ne le voudrois point.

FRONTIN.

Cela ne serviroit dans cette conjoncture
Qu'à nous faire perdre du tems.
Votre chere moitié peut, à ce que j'entends,
Nous donner de la tablature
Employez à signer de précieux instans.

SCAPIN, *bas à Mᵉ Basile.*

Madame, empêchez donc cette sote lecture.

Mᵉ BASILE.

Laissez, mon compere, laissez
Vous l'avez composé; vous me l'avez fait lire;
Pour mon fils cela doit suffire.

LE CHEVALIER.

Je m'en contente aussi, mon parrain.

LE BAILLI.

C'est assez;

Je souscris au devoir où chacun me condamne.
Signons. Mons le Notaire, aidez-nous ; avancez.
Mais où donc est Feliciane ?

LE CHEVALIER.

Madame la Baillive est depuis un moment
Venuë ici la prendre brusquement
Pour aller faire ensemble un tour de promenade.

LE BAILLI.

Que me dites-vous-là ! La masque assurément
Nous prépare quelque incartade
Que l'on aille chercher ma fille promptement.

FRONTIN.

Voici la charmante Finette,
Qui vient nous apporter quelque éclaircissement.

LE CHEVALIER *à part.*

Dans quel trouble mortel sa tristesse me jette !

SCENE XIV.

LE BAILLI. LE CHEVALIER. FINETTE. FRONTIN. Me BASILE. ARLEQUIN. SCAPIN. LE NOTAIRE.

LE BAILLI.

EH bien, ma fille, eh bien, où donc est votre sœur ?

À quoi dois-je imputer sa négligence extrême ?
Faut-il, pour faire son bonheur,
Que je l'aille chercher moi-même ?

FINETTE.

Helas ! mon pere, elle est hors d'état de venir,
Je ne sçais point de quelles armes
Ma mere a sçu tout à coup se servir ;
Mais Feliciane est en larmes,
Je vous apporte de sa part
Ce billet qu'elle vient d'écrire.

LE BAILLI.

Que diantre cela veut-il dire ?
Mais lisons... Je sens-là comme un coup de poignard.

(*Il lit*)

» Le respect m'ayant condamnée,
» Mon cher pere, à n'oser à vos yeux m'expliquer,
» Je me vois par écrit contrainte à vous marquer,
» Que pour jamais infortunée,
» Je ne puis à Basile unir ma destinée,
» Je suis au désespoir de vous désobéïr ;
» Mais j'en ai des raisons d'une importance extrême,
» Et vous m'aprouverez vous-même,
» Quand vous me permettrez de vous les découvrir.
Je me sens frissonner jusques au fond de l'ame.

Me BASILE.

Je suis toute ébaubie.

LE CHEVALIER.

Helas ! je ſuis perdu.

FRONTIN.

Je tombe de mon haut. Ce que c'eſt qu'une femme !

ARLEQUIN.

Je ſuis pétrifié.

SCAPIN.

Me voilà confondu.

LE BAILLI.

Ma carogne de femme a fait ce beau miracle.
Mais quelqu'appui qu'elle ait pour prendre ce parti,
Elle en aura le démenti.
Mon obſtination s'irrite par l'obſtacle.

FINETTE.

Faites-vous obéir pour le bien de ma ſœur.

LE CHEVALIER.

Voilà dans quel eſpoir, Monſieur, je vous implore.

Mᵉ BASILE.

Sa révolte nous deshonore.

FRONTIN.

Pour ſe laiſſer mener, Monſieur a trop de cœur.

ARLEQUIN.

Il faut qu'un mari ſoit le maître.

SCAPIN.

Par la mort ! Si ma femme étoit de cette humeur,
Je la ferois ſauter par la fenêtre.

LE

LE BAILLI.

Vous avez raiſon. Oh parbleu
Vous verrez qui je ſuis ; vous allez voir beau jeu.

LE CHEVALIER.

De grace, n'uſez point, Monſieur, de violence ;
Et laiſſez-moi plûtôt employer la douceur.
Votre charmante fille a daigné dans mon cœur
Jetter un rayon d'eſpérance.
Je n'ai point mérité ce revers rigoureux.
Peut-être ma douleur & mon amour pour elle
Feront ſur ſon eſprit un effet plus heureux
Que l'autorité paternelle.

LE BAILLI.

Quel aimable garçon ? que ſon humeur me plaît !
Allez, je le veux bien, vous ou moi, peu m'importe ;
Mais qu'à m'obéir on ſoit prêt ;
Sinon, ou le diable m'emporte,
Je leur apprendrai ce que c'eſt,
Que de contrecarrer un homme de ma ſorte.

FINETTE, *au Chevalier.*

Comme pour vous encor ce pays eſt nouveau ;
Il faut qu'à les chercher, Monſieur, je vous ſeconde :
Elles ont adreſſé leurs pas vers le Château ;
Où vient, dit-on, d'arriver bien du monde.

LE CHEVALIER.

Allons donc ; je vous ſuis. (*bas à Frontin.*)
Pour toi,
Obſerve le Bailli.

FRONTIN, *bas.*

Repoſez-vous ſur moi.

SCENE XV.

LE BAILLI, Me BASILE, LE MAGISTER, FRONTIN, ARLEQUIN, SCAPIN, LE NOTAIRE.

LE MAGISTER.

Le Comte d'Ormilly, qui par ſon mariage,
Monſieur, eſt devenu le Seigneur du Village,
Au Château vient de débarquer.

LE BAILLI.

Tant mieux pour lui le beau meſſage !
Mr le Magiſter prend bien ſon tems ! J'enrage.

LE MAGISTER.

N'allez-vous pas, Monſieur, venir le haranguer,
Avant votre régal de muſique & de danſe ?

LE BAILLI.

Non, ſon voyage & ſa préſence
Ne m'ont point par ſon ordre été notifiés.

J'en prétends cauſe d'ignorance.
Quand les Princes, les Grands & gens qualifiés
Arrivent quelque part en France,
Ils le font dire aux Magiſtrats.
C'eſt l'uſage & la bienſéance.
D'ailleurs je ſuis dans l'embaras;
Et forcer ma femme à bien faire,
N'eſt pas une petite affaire.
J'ai beſoin de la tête, & peut-être du bras.

Fin du ſecond Acte.

ACTE TROISIEME.

SCENE PREMIERE.

LE BAILLI. Me BASILE. FRONTIN. ARLEQUIN. SCAPIN. LE NOTAIRE.

LE BAILLI *un papier à la main.*

IL ne vient point. la peur de mon ressentiment
A fait cacher sans doute & ma femme & ma fille ;
Et le futur aparemment
Court les champs après ma famille.
En attendant qu'il en vienne un des trois,
Examinons un peu cet acte que je dois
Orner bientôt de ma paraphe.
Les Tabellions villageois
Sont gens un peu sujets aux fautes d'ortographe.

FRONTIN.

Ah, Monsieur, j'ai pris soin de le vérifier.
Tout est bien ; vous pouvez m'en croire

SCAPIN.

C'est le Héros de l'écritoire.

ARLEQUIN.

C'est le plus grand ortographier,
Qu'on ait jamais vû dans l'Histoire.

FRONTIN.

Laissez donc ; vos soupçons font outrage à ma gloire.

SCAPIN.

Je vous réponds qu'à lui vous pouvez vous fier.

ARLEQUIN.

Il a corrigé le grimoire.

LE BAILLI, *lisant le Contrat.*

Tenez ; voilà d'abord une erreur d'Ecolier.
Aprochez, Notaire imbecile,
Qu'est-ce que Messire Basile ?
Messire pour un roturier ?
C'étoit Maître qu'il falloit dire.

LE NOTAIRE *montrant Frontin.*

Monsieur ainsi me la dicté.

FRONTIN *à part.*

Haye, haye.

LE BAILLI.

Eh pourquoi donc le titre de Messire ?

FRONTIN.

A bon droit il le porte, il l'a bien merité.

Vous ne savez donc pas qu'on l'a dans l'Amerique,
Pour plusieurs actions d'un courage heroïque,
Fait noble à perpétuité?

LE BAILLI, *continuant de lire.*

Non. . . . Chevalier d'Ecueil! en voici bien d'une autre.

ARLEQUIN.

C'est son nom maintenant.

Me BASILE.

Je ne sais où j'en suis.
Mon fils est Chevalier! lui, Chevalier! mon fils!

SCAPIN.

Quel plaisir pour un cœur de la trempe du vôtre!

LE BAILLI.

D'où lui vient ce surnom de Chevalier d'Ecueil?

FRONTIN.

D'un exploit merveilleux, d'un grand coup de génie,
Qui mit bien des veuves en deuil,
Peste!.. Ecueil est une Isle... Elle est en Virginie,
Entre la Louisiane & la Californie.
Monsieur doit voir cela d'ici.
Il sait la carte.

LE BAILLI.

Après.

FRONTIN.

Elle est nommée ainsi,

A cause d'un écueil qui l'entoure & l'enterre.
Dans cet état abordez-y,
Le Vaisseau le plus dur se brise comme verre.
Un jour, nous y voulions chasser à l'écureuil.
On envoya prier les Habitans de l'Isle,
Pour en rendre l'accès facile,
De faire raser cet écueil.
Voyez l'impolitesse! ils nous le refuserent.
Que pensez-vous avec cela
Que de nos Envoyés firent ces vilains-là?
Qui le croiroit? ils les mangerent
L'affront étoit sanglant; il fallut s'en venger.
Nous courumes les assiéger.
On ouvrit la tranchée, on fit jouer les mines,
Mais nos plus grands efforts n'auroient servi de rien
Si Basile, joignant la ruse à nos machines,
Ne se fût par hazard avisé d'un moyen;
Et tandis que le feu de notre armée entiere
Pardevant en échec tenoit ces malheureux,
Nous entrâmes dans l'Isle, & fondîmes sur eux
Par une porte de derriere.

SCAPIN.

Tubleu, nos gens, Monsieur, n'étant qu'un contre trois,
Jugez s'il fallut faire un terrible carnage.
Je sens encor mon cœur frémir à cette image.

J'y fus preſque bleſſé deux fois.
Mais que ne peut enfin l'exemple & le courage !
Baſile à notre tête animoit nos efforts.
Furieux ſur ſes pas à l'aſſaut nous montâmes.
Nous les ſîmes plier, nous les cullebutâmes ;
Autant de coups, autant de morts.
Nous rougîmes de ſang la mer, les champs, la ville.
Il ne s'en ſauva pas un ſeul ;
Et pour récompenſer votre brave filleul,
On l'a fait Seigneur de cette Iſle.

ARLEQUIN.

Mallepeſte, elle eſt belle ! elle a dans ſon enclos
Quatorze arpens de long ſur trente-deux de large.
Les droits du Seigneur ſont fort beaux.
Quand ſur la côte il périt des vaiſſeaux,
Il tire le quart de leur charge.

Mᵉ BASILE.

Mon fils va devenir riche comme un Créſus.

FRONTIN.

Comment donc ! il prétend l'affermer mille écus.

LE BAILLI.

Cette hiſtoire étonnante eſt incompréhenſible,
Le moyen d'aſſiéger & de prendre d'aſſaut,
Au milieu des écueils une Iſle inacceſſible,
Qu'on ne peut aborder ſans périr auſſitôt.

FRONTIN.

Que c'eſt avec eſprit relever cette hiſtoire !

Quelle ſagacité ! Quel jugement ſubtil !
Que des évenemens vous ſuivez bien le fil !
Oh, ce n'eſt pas à vous qu'on en peut faire accroire.
La gloſe eſt juſte. Auſſi dans le commencement
Cet obſtacle penſa nous ravir la victoire ;
Mais Baſile en eut plus de gloire.
Il ſçut le lever.

LE BAILLI.

Hé comment ?

FRONTIN.

J'ai le fait en écrit, je vous le ferai lire.

LE BAILLI.

Contez-le moi preſentement.

FRONTIN.

Scapin, tu narres bien. Je te le laiſſe à dire

SCAPIN.

Arlequin à ton tour. Tu n'as preſque rien dit.

FRONTIN.

A Baſile pourtant tu fus très-néceſſaire.

ARLEQUIN.

Moi ?

FRONTIN.

Raconte à Monſieur ce que l'on te vit faire,
Et comme ta valeur fais briller ton eſprit.

ARLEQUIN *à part.*

Que diantre imaginer, pour nous tirer d'affaire ?

Tout coup vaille essayons. (*haut au Bailli*) je vais
vous satisfaire.
Par une fausse attaque, en un certain endroit,
Nous attirames les sauvages;
Et soudain le long du rivage
Vers le bord opposé nous voguames tout droit.
Un bois nous y couvroit de ses épais feuillages.
Basile alors choisit parmi les maraudeurs
Cent des plus braves gens & des plus fort nageurs.
J'en étois un.

SCAPIN.

Et moi.

FRONTIN.

Pour moi, j'étois au siége.

ARLEQUIN.

Bazile nous fit tous emmailloter de liege.
Aussitôt dans la mer, avec légereté,
Dix à dix la centaine saute,
En ordre de bataille, & serrés côte à côte
Ni plus ni moins qu'un train de bois floté.
Le soufle d'un vent frais, que nous avions en poupe,
Nous conduisant tout doucement,
Nous fit imperceptiblement,
Des écueils atteindre la croupe.
Nous mimes pied à terre, & chacun à son rang
En bas s'étant jettés, nous vinmes par derriere

Prendre les ennemis en flanc.
Nous nous baignames dans leur ſang,
Et toute l'iſle enfin devint un cimetiere.

SCAPIN *au Bailli.*

D'un tel évenement vous n'étiez pas inſtruit ?
Il n'eſt pas parvenu juſques à vos oreilles ?

FRONTIN.

En Amerique il a fait plus de bruit
Qu'en Europe les ſept merveilles.

LE BAILLI.

Meſſieurs, vous me croyez un ſot aparemment ?

LE NOTAIRE.

Ils ſe tromperoient lourdement.

LE BAILLI.

Mr Arlequin, la Juſtice
Et le Miſſiſſipi ne vous ont point changé,
A ce qu'il me paroit.

FRONTIN.

Etrange préjugé !
Je ſuis ſa caution ; il n'a point de malice.

LE BAILLI.

Hé qui ſera la vôtre, à vous ?

FRONTIN.

A moi ? comment,
Monſieur ! vous douteriez d'un exploit véritable ?

LE BAILLI.

Je sais plus je le crois très-faux.

Me BASILE.

Il est charmant,
Et m'a fait, je vous jure, un plaisir delectable.

FRONTIN.

Scapin, sincere & vrai, suffit pour l'attester.

SCAPIN.

Moi, j'en prends à témoin ton Journal historique.

ARLEQUIN.

Ah, nous devions bien apporter
Les Gazettes de l'Amerique.

LE BAILLI.

Tout me dénote ici quelque complot secret;
Ma fille se dédit avec raison peut être,
Un Basile m'arrive; il n'a pas un seul trait
Du Basile que j'ai vû naître,
On a furtivement glissé dans le contrat
Un titre étrange, un nom barbare;
Et l'on vient me bercer d'une histoire bizare,
Que la raison dément, & le bon sens combat
Ma commere, on nous trompe, on brave la Justice.
Ce sont là trois coquins, & cet insigne escroc
Qui de leur trame est le complice,
N'est non plus votre fils que le Roi de Maroc.

FRONTIN.

Quelle idée! Ah, Monſieur, pouvez-vous à Madame
Donner un démenti qui doit lui percer l'ame?

Mᵉ BASILE.

C'eſt mon fils, Mr le Bailli.
Qui le ſait mieux que moi? Ne ſuis-je pas ſa mere?

SCAPIN.

Madame vous ſoutient qu'il reſſemble à ſon pere.

ARLEQUIN.

A ſa vue elle a treſſailli.

FRONTIN.

Et nos vingt mille écus? morbleu ce trait me pique,
De notre bonne foi ne ſont-ils pas garants?

ARLEQUIN.

C'eſt une preuve ſans réplique;

SCAPIN.

A quoi bon vous livrer ſoixante mille francs?

LE BAILLI.

Ah! c'eſt quelque choſe, oui. Cette épineuſe trame
Doit être examinée à fond & murement.
Je l'apointe. Et d'ailleurs, avant mon jugement,
Je veux voir ma fille & ma femme...
Mais que cherche ce grand Nigaud?

ARLEQUIN, *bas.*

Frontin, tout eſt perdu, voici le vrai Baſile.

FRONTIN, *à part.*

Que la peſte le créve; il arrive trop tôt.

ARLEQUIN, *à part.*

Chez quelque Huiſſier Normand cherchons vîte un
asile.

SCAPIN *à part.*

C'eſt Baſile ! Ah, fuyons.

FRONTIN, *à part.*

Il faut nous eſquiver.

Mon maître, comme moi, n'a plus qu'à ſe ſauver.

SCENE II.

LE BAILLI, Mᵉ BASILE, BASILE, LE NOTAIRE.

BASILE.

ILs ſont ſi fort changés, ces lieux qui m'ont vû
naître,
Que j'ai peine à les reconnoître.

LE BAILLI.

Que demandez-vous, mon ami ?
Parlez, mais parlez vrai.

LE NOTAIRE.

C'eſt Mʳ le Bailli,
Et toute feinte eſt inutile.

BASILE.

Quoi ! Mʳ le Bailli, quoi, c'eſt vous que je voi !

Mon cher parrain, embrassez-moi.
Reconnoissez votre filleul Basile.

LE BAILLI.

Vous?

Me BASILE.

Lui., Basile? Ah l'imbécile!

LE BAILLI.

Madame Basile, tenez,
Il vous pleut des enfans.

BASILE.

C'est vous, ma chere mere!
Quel plaisir de vous voir! ... Quoi! vous vous détournez?
N'aurai-je plus le bonheur de vous plaire?

Me BASILE.

Que me veut donc cet impertinent-là?
Je ne vous connois point.

BASILE.

Que veut dire cela?
Renier son fils!

Me BASILE.

Vous, mon fils? Vous?

BASILE.

Oui, le vôtre.

Me BASILE.

Bon, bon! Je n'en ai qu'un, & l'autre c'est,

BASILE.

Un autre !

Non, c'eſt moi qui le ſuis, & tout ſeul. Arlequin peut vous en rendre témoignage.

Il a paſſé la mer avec moi.

LE BAILLI.

Le Coquin !

Il étoit là. Quel brigandage !
Ils ſont tous décampés. Ah trio ſéducteur !
Allez ; remettez-vous. L'autre eſt un impoſteur ;
Et contre tout le monde avec vous je me ligue.
En vain l'on m'amuſoit par un récit menteur.
J'ai pénétré toute l'intrigue.
Je vais avec main forte arrêter ces fripons,
Et tout de ſuite ordonner leur ſuplice.
Ils ne languiront point, & je vous en réponds ;
Car j'ai de quoi payer les frais de la Juſtice.

Me BASILE.

Quoi ! vous voulez, Monſieur, faire arrêter mon fils ?

LE BAILLI.

Et qui plus eſt le faire pendre.

Me BASILE.

Contre tout l'Univers, moi, je vais le défendre.
Oui, je le défendrai, c'eſt moi qui vous le dis.

LE BAILLI.

Je me mocque de tous vos cris.
Mon principal devoir, & le plus légitime
Eſt de rendre juſtice, & de punir le crime.

(Il ſort avec Mᵉ Baſile & le Notaire.)

SCENE III.

BASILE.

DAns ce pays-ci, par ma foi ;
Les gens ſont bien méchans ! leur procédé m'étonne,
Me prendre ainſi mon nom, à moi,
Qui de mes jours n'ai rien pris à perſonne ;
Mais ſuivons mon parrain ; à lui je m'abandonne.

SCENE IV.

LE CHEVALIER, BASILE.

LE CHEVALIER *à part.*

ELle ne revient point ! Sa mere, ni ſa ſœur
Apparemment ne veulent pas m'entendre.
Maudit ſoit l'embarras, qui joint à mon malheur ;
Me contraint à venir en ces lieux les attendre ......
Ah, Monſieur, excuſez. N'auriez-vous pas ici

Rencontré par hasard Finette ou la Baillive ?

BASILE.

Je ne le connois pas. Il arrive.

LE CHEVALIER.

Vous n'êtes point de ce Village-ci ?

BASILE.

Pardonnez-moi, Monsieur, j'en suis, je vous assure.
Ma mere, mes parens, toute ma race en est ;
Oui ; mais je n'y connois personne, je vous jure,
Et personne ne m'y connoît.

LE CHEVALIER.

Que me dites-vous là ?

BASILE.

C'est la vérité pure.

LE CHEVALIER *à part.*

Son état est original.
(*Haut.*) Hé qui donc êtes-vous ?

BASILE.

Je m'appelle Basile.

LE CHEVALIER.

Autre incident !

BASILE.

Je viens, Monsieur, du Fort Royal,
Où j'ai plus de vingt ans tenu mon domicile.
Ah ! mon pays n'est rien au prix.
Je vivois là consideré, tranquile.

Je ne trouve chez moi que trouble & que mépris.
Ma mere même, elle qui devroit être
Ma bonne amie & mon soutien,
Sur-tout par la raison que j'apporte du bien,
Refuse de me reconnoître.
Et savez-vous pourquoi, Monsieur ? C'est qu'un fripon
Auprès d'elle m'a pris mon nom.
Il se dit son fils ; elle est bonne,
Elle le croit & sans façon
Me chasse, moi, de sa maison,
Et de son cœur qu'elle lui donne,
Jugez ce qu'en ressent le mien que j'ai si bon.

LE CHEVALIER *à part.*

Funeste effet d'un amour déplorable !
Que je me trouve condamnable
De causer ce chagrin à ce pauvre garçon !

BASILE.

Vous me plaignez, sans doute, & vous blâmez l'audace
Du fourbe qui me joue un tour aussi vilain.
N'est-il pas vrai, Monsieur, que pour prendre ma place,
Il faut qu'il soit un grand coquin ?

LE CHEVALIER.

Mais.... Vous n'avez pas tort. (*à part.*) Cet entretien m'assomme.

BASILE.

Vous me paroiſſez honnête-homme ;
Monſieur, ne ſouffrez pas cela.
C'eſt à votre bonté que je me recommande.
Je n'ai que vous, je vous demande
Votre protection contre ce maraut-là.

LE CHEVALIER.

Je vous l'accorde, on vous rendra juſtice.
Chaſſez de votre eſprit ce chagrin qu'il reſſent ;
Mais laiſſez-moi.

BASILE.

Pour un ſi grand ſervice ;
Que je ſerai réconnoiſſant !

LE CHEVALIER.

Il eſt certain devoir qu'il faut que je rempliſſe.

BASILE.

Mais, Monſieur ; pour vous retrouver ;
J'ignore comment on vous nomme.

LE CHEVALIER.

Nous nous verrons.

BASILE.

Le Ciel veuille vous conſerver.
Adieu, Monſieur. (*à part*) Ah, le brave homme !

SCENE V.

LE CHEVALIER.

ALlons dans ce desordre affreux,
A mes propres dépens devenons généreux,
Et rendons Basile à sa mere.
Je sens, en partageant son état douloureux,
Que si le sort me met au rang des malheureux,
Je ne suis pas né pour en faire.

SCENE VI.

LE CHEVALIER, FRONTIN.

FRONTIN.

AH, Monsieur, fuyons, sauvons-nous.
Toute la trame est découverte;
Et déjà le Bailli s'arme pour notre perte!
Basile est arrivé.

LE CHEVALIER.

Je le sçais bien.

FRONTIN.

Qui, vous?

LE CHEVALIER.

Je l'ai vû tout-à-l'heure.

FRONTIN.

Et vous êtes tranquile ?

LE CHEVALIER.

Pourquoi non ?

FRONTIN.

Ce ſang froid me fait bouillir la bile.
Le péril eſt extrême. Arlequin & Scapin,
Pour s'en ſouſtraire ont pris la fuite.
Et plus coupables qu'eux, la raiſon nous invite
A ſuivre leur exemple, & le même chemin.
J'ai ſellé nos chevaux, évitons la tempête.
Nous devrions être bottés.
Si l'amour en ces lieux, un moment nous arrête,
Par la juſtice encor nous ſerons arrêtés,
De grace, partons, mon cher Maître.

LE CHEVALIER.

Que m'importe, Frontin, quand on m'arrêteroit?
Va, va, l'on me relâcheroit
Dès que je me ferois connoître.

FRONTIN.

Ah ! d'un eſpoir fatal, qui vous abuſeroit,
N'allez pas, Monſieur, vous repaître.
Je connois les priſons, on peut les comparer
A des marais de terre glaiſe.

Y porte-t-on le pied? on entre fort à l'aiſe;
Mais le diable eſt de s'en tirer.
J'en ai fait l'épreuve à Falaiſe.

LE CHEVALIER.

Le Bailli qui ſe croit en droit de m'inſulter,
Sous le titre de fils de Madame Baſile,
En moi ſe trouvera forcé de reſpecter
Le fils du Marquis de Kerile.

FRONTIN.

Oui-dà. Mais, moi, Monſieur, je m'appelle Frontin.
Je ſuis votre valet, je vous prends pour arbitre.
A votre avis eſt-il certain,
Que le Bailli reſpecte & ce nom & ce titre?
Je ne le crois pas, entre nous.
Nos amis échapés bravent les Ordonnances.
On vous en quittera pour quelques révérences,
Et moi ſeul je payrai pour tout.
Je révere fort la Juſtice.
Dans ce monde on en a beſoin.
Elle parle d'un ton qu'il faut qu'on applaudiſſe;
Mais ne répondont que de loin.

LE CHEVALIER.

Frontin, je n'ai pû joindre encor Feliciane,
Je ne partirai point qu'elle ne m'ait appris
Pourquoi ſa rigueur me condamne
Au tourment d'eſſuyer ſa haine ou ſes mépris.

FRONTIN.

Hé de quoi ſervira qu'à vos yeux elle expoſe
Les motifs vrais ou faux, du tour qu'elle nous fait?
Elle ne vous veut point pour époux; c'eſt un fait.
La connoiſſance de la cauſe
Annullera-t-elle l'effet ?
Son refus eſt formel, votre congé parfait.
Ne demandez pas autre choſe.
Ce tems perdu va nous livrer
Aux mains d'un Juge inéxorable;
Et pour vous être plaint d'un mal irréparable,
Nous en eſſuyrons un que l'on peut réparer.
Votre projet eſt miſérable.

LE CHEVALIER.

Je ne lui parlerai qu'un inſtant, tu verras.

FRONTIN.

Vous l'avez dans la tête, il faut vous ſatisfaire......
La voici. Je vais, moi, me tirer d'embarras.
Vous voulez y reſter; ma foi, c'eſt votre affaire.
Adieu, Monſieur.

SCENE VII.

LE CHEVALIER. FELICIANE. LA BAILLIVE.

FELICIANE.

VEnez, Basile, approchez-vous....
Il est tems que l'on vous expose....

LE CHEVALIER.

Belle Feliciane, en un moment si doux,
Vais-je de mon malheur aprendre enfin la cause?

FELICIANE.

Vous m'accusez, Basile, & sans doute à vos yeux
Je parois rassembler, dans mon ame attiédie,
Tous les traits les plus odieux
Et de l'ingratitude & de la perfidie.

LE CHEVALIER.

Qui, moi, porter de vous un si faux jugement!
Vous n'en êtes point digne, & j'en suis incapable.
Je n'impute qu'à moi votre promt changement,
Et c'est moi seul qui suis coupable.

FELICIANE.

Vous ne pouvez pas l'être, & je ne le suis point,
C'est le destin qui nous separe.
Je dois à son pouvoir bisare.

Un revers qui vous va ſurprendre au dernier point.
Baſile, ma douleur eſt égale à la vôtre.
Nous ne ſommes pas nés pour être l'un à l'autre....
Enfin je ne ſuis point la fille du Bailli.
Et je dois la naiſſance au Comte d'Ormilly.

LA BALLIVE.

Oui, d'un hymen ſecret, Mademoiſelle eſt née.
Après plus de quinze ans de malheurs infinis,
Par un légitime hymenée.
Ses parens, ce matin, ont été réunis.

LE CHEVALIER.

Ciel!

FELICIANE.

Voilà le ſecret que l'on vient de m'aprendre,
Et que j'aurois voulu ne ſçavoir que demain.
Jugez, quand de mon rang vous me voyez dépendre,
Si je puis vous donner la main.
Ne croyez pas pourtant qu'un refus que je blâme,
D'un ridicule orgueil ſoit l'outrageant Arrêt.
La folle ambition, ni l'aveugle intérêt,
N'ont jamais agité mon ame.
Je vois avec froideur l'état où je parviens.
J'y vais puiſer peut-être une infortune extrême.
A quoi ſervent, hélas! la nobleſſe & des biens
Qu'on ne peut partager avec ce que l'on aime?

LE CHEVALIER.

Ah! ſi dans ce jour à mes feux,

Votre condition étoit le ſeul obſtacle,
Je parviendrois bientôt au comble de mes vœux.

FELICIANE.

Comment feriez-vous ce miracle ?

LE CHEVALIER.

A vos regards enfin je dois déveloper
Des reſſorts malheureux, dont vous pouvez vous plaindre
Je ſçais votre ſecret, je ne ſçaurois plus feindre,
Le mien auſſi va m'échaper.
Pardonnez-moi, ſi j'ai pû vous tromper.
Mais contre mon malheur quel étoit mon aſile ?
Du coup le plus affreux on alloit me fraper;
Et dans un vil complot l'amour m'a fait tremper...
Je ne ſuis point le fils de Madame Baſile.
J'avoue en rougiſſant, que pour vous poſſeder,
J'ai cru pouvoir tout haſarder.
Hélas ! j'ai fait un menſonge inutile.
Cette innocente trahiſon
Ne vous portoit aucun dommage:
Iſſu d'une illuſtre Maiſon,
Je n'ai pas cru vous faire outrage.

FELICIANE.

Vous êtes de condition ?

LE CHEVALIER.

J'oſerois m'en vanter, ſi c'étoit un mérite.

FELICIANE.

Qu'entend-je ! & me croyant de basse extraction,
Vous vouliez m'épouser, sans que j'en fusse instruite?

LE CHEVALIER.

Je me faisois un suprême bonheur,
En satisfaisant ma tendresse,
De vous donner une noblesse
Que vous méritiez par le cœur.

FELICIANE.

Quel surcroît de reconnoissance !
Et quels sentimens généreux !
De mon penchant & de mes vœux.
Tout autorise l'innocence,
Tout vous rend digne d'être heureux.
Hé bien, Monsieur, voyez mon pere.
Il sçait que si je vis, c'est par votre valeur.
Peut-être même de mon cœur
A-t-il pénétré le mystere.
Déjà pour vous récompenser
Il bruloit de vous voir & de vous embrasser.

LA BAILLIVE.

Votre état & le sien me touche & m'intéresse,
Oui, Monsieur, allez voir le Comte & la Comtesse:
Tous les deux de l'amour ont ressenti les coups.
Ils connoissent le prix d'une ardeur mutuelle.
Ce que vous avez fait pour elle,

Son penchant, votre amour, tout parlera pour vous.

LE CHEVALIER.

Je n'ose concevoir une douce esperance.
Je suis bon Gentilhomme, il est vrai, mais sans bien.

FELICIANE.

Si mes Parens pensoient comme on sçait que je pense,
Ah, quel bonheur seroit le mien!

LE CHEVALIER.

Je vais du moins tout entreprendre,
Pour obtenir l'aveu de vos parens,
Et je réussirai, si l'amour le plus tendre
Conduit aux succès les plus grands.

FELICIANE.

Ah! de mon cœur du moins vous pouvez tout attendre.

LE CHEVALIER.

Que j'ai de graces à vous rendre!
Permettez qu'à vos pieds.....

LA BAILLIVE.

Ah, Monsieur, levez-vous.
Son pere vient.

SCENE VIII.

LE COMTE. LE CHEVALIER. FELICIANE. LA BAILLIVE.

LE COMTE.

COmment un homme à vos genoux?
Jusques-là ma fille s'oublie?

FELICIANE.

C'est lui qui m'a sauvé la vie,
Vous voyez mon liberateur.

LE COMTE.

Ciel! C'est aussi le mien.

FELICIANE. (*bas à la Baillive.*)

Ma chere, quel bonheur!

LE COMTE.

De tous les biens que vous nous faites,
Comment s'acquitteront & mon cœur & le sien?
J'espere que vous voudrez bien
Me dire à present qui vous êtes.

LE CHEVALIER.

Monsieur, ...

SCENE IX.

LE COMTE. LE CHEVALIER. FELICIANE. LE BAILLI. LA BAILLIVE. Me BASILE. BASILE. SERGENS.

LE BAILLI.

Je vous le dirai, moi,
Monsieur. C'est un fripon ... Sergens, qu'on le saisisse.

UN SERGENT *au Chevalier.*

Demeurez-là de par le Roi.

LE COMTE.

Que prétendez-vous faire, & qu'est-ce que je vois!
Hé qui donc êtes-vous?

LE SERGENT.

Nous sommes la Justice.

LE BAILLI.

Arrêté par mon ordre, il doit être pendu.

BASILE.

Hé, c'est mon protecteur.

Me BASILE.

Mon fils! Mon cher fils!

LE BAILLI.

Conte.

BASILE.

Son fils !

LE BAILLI.

C'est un coquin que ce fils prétendu ;
Et je ne veux plus qu'il m'affronte.

LE COMTE.

Monsieur le Bailli, point d'aigreur.

LE BAILLI.

Souffrez, Monsieur, que mon devoir se fasse.
Ce jeune homme, vous dis-je, est un franc imposteur,
Qui vient, sous un faux nom, d'avoir assez d'audace,
Pour briguer de ma fille & la main & le cœur.
Qu'on le mene au cachot.

LE COMTE.

Il faut du moins l'entendre.
Monsieur le Bailli, doucement.
Je le connois fort peu ; mais je ne puis comprendre
Qu'il ait pû s'attirer un pareil traitement.
Allons, Monsieur, daignez donc vous défendre.

LE CHEVALIER.

Je le ferai fort aisément.

SCENE

SCENE X.

LE COMTE, LE CHEVALIER, FELICIANE, LE BAILLI, LA BAILLIVE, Mᵉ BASILE, BASILE, FRONTIN, ARLEQUIN, SCAPIN, SERGENT.

UN SERGENT *au Bailli.*

Monfieur, j'amenons les complices.

BASILE.

C'eft Arlequin, Scapin.....

LE BAILLI.

Et Frontin. En ce cas,
Augmentation de fuplices.

SCAPIN.

Meffieurs, mifericorde.

ARLEQUIN.

Hélas!

FRONTIN.

Je l'avois bien prévû, l'intrigue éft découverte,
Mais ce qui plus me déconcerte,
C'eft que je viens de voir là-bas
Des gens du Comte de Kerile.

Vainement contre lui nous cherchons un azile....
(*au Comte*) Hé quoi, Monſieur, c'eſt vous! Tâchez de nous ſauver.

LE COMTE.

Kerile! Eh contre vous qui peut le ſoulever?

FRONTIN.

Ces jours paſſés, des fureurs de ſa flamme
Nous eûmes le malheur de ſauver une Dame,
Qu'il avoit tenté d'enlever.

LE COMTE *au Chevalier.*

Ah, qu'entens-je! Ma femme auſſi vous doit la vie;
Il étoit mon rival & mon perſécuteur.
Je ne crains plus ſa jalouſie,
Secondez de votre valeur....

FRONTIN.

La valeur n'y fait rien, Monſieur, car c'eſt ſon frere.

LE CHEVALIER.

Malheureux qu'as-tu dit!

FRONTIN.

J'ai dit la vérité.
Il eſt ainſi que vous le fils de votre mere,
Hormis qu'il eſt l'enfant gâté.

LE COMTE.

Vous, ſon frere?

LE CHEVALIER.

Oui, Monſieur, mon honneur me condamne

À vous faire un aveu peut-être dangereux,
Vous voyez de Kerile un frere malheureux
Qui brule pour Féliciane.
J'ai sçu que Bazile aujourd'hui
M'alloit ravir le bien le plus cher à mon ame;
Et le desespoir de ma flamme
M'a réduit à passer pour lui.
Voilà mes malheurs & mon crime.
C'est au hasard, Monsieur, que j'en dois la moitié;
Mais ils m'accableront, si votre inimitié
Se joint au destin qui m'opprime.

Me BASILE.

J'étois dans l'erreur, je le vois.
Pardonne-moi, mon cher Basile.

BASILE.

Je devrois à mon tour vous méconnoître, moi.

LE BAILLI.

Sergens, laissez-nous.

ARLEQUIN (*les conduisant à coups de batte.*)

Oui, coquins, décampez.

SCENE XI.

LE COMTE, LE CHEVALIER, FELICIANE, LE BAILLI, LA BAILLIVE, Me BASILE, BASILE, FRONTIN, SCAPIN.

LE COMTE *au Chevalier.*

Quoi!
Monsieur est le cadet du Comte de Kerile?

LE CHEVALIER.

Vous sçavez tout, Monsieur, & vous pouvez juger
Quelle crainte retient un amour téméraire.
J'en sens encore une autre à l'égard de mon frere,
Que peut-être sur moi l'on s'apprête à venger;
Et c'est ce qui toujours m'a forcé de me taire.

LE COMTE.

Vos craintes cessent en ce jour.
Kerile est maintenant guéri de ses blessures.
Quant au succès de votre amour,
Vos bienfaits ont d'un frere effacé les injures.

LE CHEVALIER.

Que j'aurois de plaisir à voir combler mes vœux,

Si la fortune, hélas, répondoit à mes feux.

LE COMTE.

La fortune n'eſt rien près d'un mérite utile:
Oui, ce que nous vous dèvons tous,
De mon aveu, Monſieur, eſt l'unique mobile,
Si l'objet de vos vœux eſt d'accord avec nous.

FELICIANE.

Je l'aimois, quand j'ai cru qu'il n'étoit que Baſile.

LE COMTE.

Ce mot ſuffit, elle eſt à vous.

LE CHEVALIER.

Ah! mon cœur eſt ſaiſi des tranſports les plus doux!

LE BAILLI.

Mais, Meſſieurs, pour le coup je m'y perds, & je grille
Qu'eſt-ce que ceci? Quoi, Monſieur,
Sans mon conſentement vous mariez ma fille!
Eſt-ce un nouveau droit de Seigneur?

LE COMTE.

Votre fille, Bailli? C'eſt moi qui ſuis ſon pere.

LE BAILLI.

Son pere! Vous, Monſieur? Que me dites-vous là!
Ma femme, comment donc dois-je expliquer cela?

LA BAILLIVE.

Fort naturellement, je ne ſuis point ſa mere.

LE BAILLI.

J'entends. L'on m'a trompé .... Mais mon affection
Vous pardonne, en faveur de la discrétion.

SCENE XII. & *derniere.*

LE COMTE, LE CHEVALIER, FELICIANE, LE BAILLI, LA BAILLIVE, FINETTE, Me BASILE, BASILE, FRONTIN, SCAPIN.

FINETTE.

MA bonne, qu'ai-je apris! Et quel est ce mystere?
Ma sœur n'est plus ma sœur, m'a-t-on dit.

LA BAILLIVE.

Non vraiment.

FINETTE.

Ah! que j'en suis fâchée!

LA BAILLIVE.

Elle est presentement
Une Dame que l'on révere.

FINETTE.

Ah, que j'en suis ravie! & si pourtant, ma mere,
Je voudrois qu'elle pût encore être ma sœur.

FELICIANE.

Va, tranquilise-toi, ma chere;
Je ne cesserai point de l'être par le cœur.

FRONTIN.

Monsieur le Juge, afin que tout s'ajuste,
Il nous faut nos vingt mille écus.

LE BAILLI.

La sommation est très-juste,
Dans l'instant à Monsieur, ils vont être rendus.

LE CHEVALIER.

Et je me charge, moi, de la dot de Finette.
Qu'elle épouse Basile, & que ce doux lien
remplisse, en réparant la perte qu'il a faite,
Votre engagement & le sien.

LE BAILLI.

C'est juger comme moi.

Me BASILE.

L'honnête-homme!

BASILE.

Fort bien!
Cela revient au même.

LA BAILLIVE.

Et l'action est belle;
Finette y consent?

FINETTE.

Oui, Maman;

Et rend graces à Monsieur de ses bontés pour elle.

LE COMTE.

Allons tout terminer.

FRONTIN.

Voilà ce qui s'appelle
Une bonne fin de Roman.

Fin du troisiéme & dernier Acte.

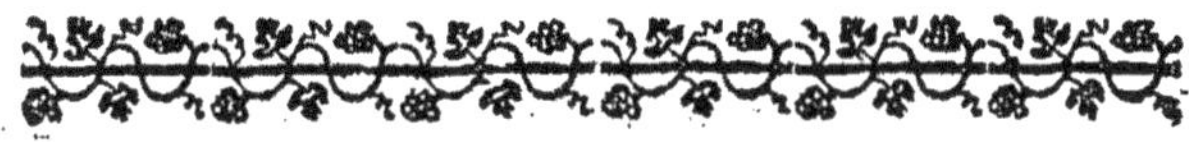

DIVERTISSEMENT.

(On danſe.)

PREMIER AIR.

Que l'amour fait de tapage ?
Morgué, ce n'eſt qu'un brouillon.
Chez li, comme en minage,
C'eſt tous les jours carillon.
Voit-on d'amans un couple aimable
Jouir d'un heureux deſtin.
Rivaux, parens, amis, le Diable,
Sur eux ſonnent le tocſin.
Que l'amour, &c.

(On danſe.)

SECOND AIR.

Lorſqu'un berger dans nos hameaux,
Par le chant ou par la danſe.
Triomphe de ſes rivaux,
Un bouquet eſt ſa récompenſe.
Quel doux plaiſir pour le vainqueur,
De voir ſon nom voler de Village en Village.
Mais quel bonheur plus cher, ſi l'objet qui l'engage
Pour bouquet lui donne ſon cœur.

(On danſe.)

VAUDEVILLE.

Quelle volupté, quelle gloire,
Lorsqu'après tous leurs maux finis
Deux cœurs par l'hymen sont unis!
Voilà l'Histoire
D'un tel nœud le sort partisan,
Pour eux y cultive sans cesse
La paix, la joye & l'allégresse,
C'est le Roman.

Novice en l'amoureux grimoire,
Lucas assuroit Isabeau
Qu'il l'aimeroit jusqu'au tombeau,
Voilà l'Histoire.
Aussi Lucas, suivant ce plan,
N'en aime jamais d'autre qu'elle,
Qui pourtant fut toujours cruelle,
C'est le Roman.

Je suis passant de la Loire,
Mon pere étoit un vigneron,
Il s'appelloit Alissandron,
C'est mon Histoire,

Mais si je deviens Partisan,
Je sçaurai me faire descendre
D'un des petits-fils d'Alexandre,
Par un Roman.

Mettez bien dans votre mémoire,
Ma fille, que pour m'imiter,
A l'Amour il faut résister,
Voilà l'Histoire.
Ainsi parloit une maman,
Et la fille avec quelque honte
Dit tout bas, ce qu'elle me conte,
C'est le Roman.

Moliere pourroit-il le croire;
Si du Théâtre d'aujourd'hui
On representoit devant lui
La triste Histoire?
Mais où diable a-t-on pris le plan
De la lugubre Comédie,
Par qui la Scene est réfroidie
Dans un Roman.

AU PARTERRE.

Pour nous, Meſſieurs, quelle victoire
Lorſqu'en foule vous viſitez
Ces lieux ſouvent peu fréquentez!
Voilà l'Hiſtoire,
De grace, ſouvenez-vous-en,
Et dites trois fois par ſemaine,
Voyons la Troupe Italienne,
C'eſt le Roman.

J'AI lû par Ordre de Monseigneur le Chancelier, une Comédie qui a pour Titre, *le Roman*, & je crois que l'on peut en permettre l'impression. Ce 20 Avril 1746.

CREBILLON.

PRIVILEGE DU ROY.

LOUIS par la grace de Dieu, Roy de France & de Navarre : A nos amés & feaux Conseillers les Gens tenans nos Cours de Parlement, Maîtres des Requêtes ordinaires de notre Hôtel, Grand-Conseil, Prévôt de Paris, Baillifs, Sénéchaux, leurs Lieutenans Civils & autres nos Justiciers qu'il appartiendra, SALUT. Notre amé JACQUES CLOUSIER Libraire à Paris, Nous a fait exposer qu'il désireroit faire imprimer & donner au Public des Ouvrages qui ont pour titre : *Le Roman Comédie, la Boucle de Cheveux enlevée, Poëme heroï-comique, composé en Anglois par M. Pope, & traduit en Vers françois par M**** s'il nous plaisoit lui accorder nos Lettres de Permission pour ce nécessaires : à ces causes voulant favorablement traiter l'exposant, nous lui avons permis & permettons par ces presentes de faire imprimer lesd. ouvrages en un ou plusieurs volumes & autant de fois que bon lui semblera, & de les vendre, faire vendre & débiter par tout notre Royaume pendant le temps de trois années consécutives à compter du jour de la date des présentes. FAISONS défenses à tous Libraires, Imprimeurs & autres personnes de quelque qualité & condition qu'elles soient d'en introduire d'impression étrangere dans aucun lieu de notre obéïssance : à la charge que ces présentes seront enregistrées tout au long sur le Registre de la Communauté des Libraires & Imprimeurs de Paris dans trois mois de la datte d'icelles, que l'impression desdits Ouvrages sera faite dans notre Royaume & non ailleurs en bon papier & beaux caracteres, conformément à la feuille imprimée attachée pour modéle sous le contre-scel des présentes, que l'Impétrant se conformera en tout aux Reglemens de la Librairie & notament à celui du 10 Avril 1725; qu'avant de les exposer en vente les Manuscrits qui auront servi de copie à l'impression desd. Ouvrages seront remis dans le même état où l'Approbation y aura été donnée ès mains de notre très-cher & féal Chevalier le Sr Daguesseau, Chancelier de France, Commandeur de nos Ordres, & qu'il en sera ensuite remis deux exemplaires de chacun dans notre Bibliothéque publique, un dans celle de notre Château du Louvre, & un dans celle de notredit très cher & féal Chevalier le sieur Daguesseau, Chancelier de France, le tout à peine de nullité des présentes: du contenu desquelles vous mandons & enjoignons de faire jouir ledit Exposant & ses ayant causes pleinement & paisiblement sans souffrir qu'il leur soit fait aucun trouble ou empêchement. Voulons qu'à la copie des présentes qui sera imprimée tout au long au commencement ou à la fin desdits ouvrages, foi soit ajoutée comme à l'original. Commandons au premier notre Huissier ou Sergent sur ce requis de faire pour l'éxecution d'icelles tous Actes requis & necessaires sans demander autre permission & nonobstant Clameur de Haro, Charte Normande & Lettres à ce contraires: Car tel est notre plaisir. Donné à Versailles le vingt-neuviéme jour du mois d'Avril, l'an de grace mil sept cent quarante-six, & de notre Regne le trente-uniéme. Par le Roi en son Conseil, SAINSON.

Registré sur le Registre XI. de la Chambre Royale des Libraires & Imprimeurs de Paris, N°. 613. fol 541. conformément aux anciens Réglemens confirmés par celui du 28. Février 1743. A Paris, le 5 Mai 1746.

Signé, VINCENT, *Syndic.*

CATALOGUE
DES PIECES DE THEATRE
qui se trouvent chez le même Libraire.

Comédies.

PAMELA en France, ou la Vertu mieux éprouvée, en trois Actes.
La Fête d'Auteuil, ou la Fausse Méprise, en trois Actes.
Le Sage Etourdi, en trois Actes.
La Folie du Jour, en un Acte.
Le Médecin par occasion, en cinq Actes.
Le Plagiaire, en trois Actes.
La Famille, en un Acte.
Les Acteurs déplacés, en un Acte.
La Coquette fixée, en trois Actes.
Le Roman, en trois Actes.
La Dispute, en un Acte, *sous presse.*
Les Préjugés vaincus, en un Acte, *sous presse.*

ALzaïde, *Tragédie.*

Opéras-Comiques.

LE Fleuve Scamandre,
Les Effets du Hazard,
La Nymphe des Thuilleries,
L'Amour imprévû.
Le Magazin des Modernes, *sous presse.*
Le Comte de Nully, en un Acte.

www.ingramcontent.com/pod-product-compliance
Ingram Content Group UK Ltd.
Pitfield, Milton Keynes, MK11 3LW, UK
UKHW021059260726
13994UKWH00002B/597